Elham Sayed Hashemi

Dämmerung

agenda

Elham Sayed Hashemi

Dämmerung

agenda Verlag
Münster
2022

Bibliografische Information der Deutschen Nationalbibliothek

Die Deutsche Nationalbibliothek verzeichnet diese Publikation in der Deutschen Nationalbibliografie; detaillierte bibliografische Daten sind im Internet über http://dnb.dnb.de abrufbar.

© 2022 agenda Verlag GmbH & Co. KG
Drubbel 4, D-48143 Münster
Tel. +49-(0)251-799610, Fax +49-(0)251-799519
info@agenda-verlag.de, www.agenda-verlag.de

Lektorat: Dr. Heiner Lohmann
Umschlagbild: iStock/KatarzynaBialasiewicz
Druck und Bindung: TOTEM, Inowroclaw, Polen

ISBN 978-3-89688-694-1

„Jeder hat eine dunkle Seite, die er niemandem zeigt"

Mark Twain

Es passieren seltsame Dinge auf der Welt …

Einige von ihnen gelangen in die Zeitungen und auf die Websites und werden zum Thema eines Gesprächs in der Arbeitspause oder abends vor dem Fernseher, wo die Paare sich sonst nichts zu erzählen haben.

Viele dieser seltsamen Geschehnisse werden aber nie das Thema irgendeines Gespräches werden, weil der Tod sie erstickt und sie mit dem Körper und dem Bewusstsein des Betroffenen begraben werden …

Ich bin Darya.

Es sind noch ein paar Sekunden bis zu meinem endgültigen Tod. Ich werde in ein paar Sekunden sterben und hier in diesem Wald in dieser Grube vier Tage lang tot liegen. Meine Leiche wird unter dem ständigen Regen aufquellen, bis irgendjemand mich findet.

Ich habe ein geregeltes, vernünftiges Leben geführt – dachte ich immer bis zu diesem Augenblick, da ich in den Armen meines Mörders liege. Ich denke an all die Geheimnisse, die ich sorgfältig mein Leben lang in mir gehütet habe und die jetzt mit einem Schlag, mit meinem Tod ans Licht gerissen werden …

Ich liege nackt mit hängendem Kopf in den Armen meines Mörders. Mein starrer Blick ist auf die nassen, kahlen Zweige der Bäume und das unendliche Grau darüber gerichtet. Das Himmelsgewölbe ist an hunderten Stellen geborsten, um auf mich und auf meinen Mörder sein Himmelswasser herabzuschicken und unsere Sünden wegzuwischen.

Wie fremd fühlt sich das an, wenn die Regentropfen direkt auf die Hornhaut meiner Augen treffen und ich mich dagegen gar nicht wehre, nicht einmal zucke.

Meine Haut kann noch zwischen der Wärme der Träne, die an meinem Augenwinkel hängt, und der Kälte des Regenwassers unterscheiden. Die Zunge meines geöffneten Mundes nimmt noch den Geschmack des Regenwassers wahr. Ich spüre die Wärme der Finger meines Mörders, die die blutgetränkte Strähne wegschieben und sanft mein entstelltes Gesicht streicheln. Ich rieche das Vertrauen, die Liebe und die gemeinsame Zeit an seiner Haut und seinem Atem …

Ich höre Stimmen flüstern … viele Stimmen … Bubodjans, Großvaters, Nanas, die meiner Stiefeltern, Julius', Shilas, Lisas, Patricks und … und die meiner Schwester …

Sie flüstern: „Ich entferne das Laub und den Matsch von deinen Wangen, aber wie soll ich all das Blut wegwischen und die zerstörten Knochen deiner Nase und deine gebrochenen Zähne wieder richten?"

Sie wimmern: „Darya! Was habe ich dir angetan?"

Ich spüre die Lippen und warmen Tränen des Mörders an meinem Hals, dann an meinen kühlen Wangen.

Einmal … zweimal … dreimal … küsst er mich.

Die Stimmen jammern: „Darya! Als du mir zum ersten Mal von ganz nah tief in die Augen geschaut hast, konntest du überhaupt ahnen, dass ich zu so etwas fähig bin, dir so etwas antun könnte? Was hat das Leben aus mir gemacht? Warum hast du mir vertraut? Warum hast du mir erlaubt und mich gezwungen, dir so was anzutun?"

Meine nackte Haut verliert langsam ihre Wärme und

Farbe. Meine Haare saugen die Feuchtigkeit des Matsches auf, aber ich spüre die Kälte nicht mehr ... Die Kälte, den Geschmack des Regenwassers, die Wärme meines Blutes in den Gefäßen. Nichts spüre ich mehr ... Die Krähen höre ich nicht mehr, die flüsternden Stimmen auch nicht mehr ... Ich sehe den zerplatzten Himmel nicht mehr ... Meine Augen sind blicklos. Das ist der Tod.

Ich bin tot ...

Ich wurde umgebracht. Am Freitagnachmittag, am 18. September 2015, um 17:25 Uhr ...

Um 17:25 Uhr starb ich und gleichzeitig werde ich geboren ...

Mein Gesicht ist nicht entstellt. Ich blute nicht. Ich bin gesund. Ich bin warm angezogen. Ich stehe auf. Ich laufe weg. Ich renne ... über den Matsch und Dreck, durch den Wald Richtung Straße und über die Straße in Richtung meiner Wohnung. Dunkel ... Kalt ... Nass ...

Das Regenwasser tropft von der Kapuze meines Regenmantels, die zum Teil mein Gesicht und mein Blickfeld bedeckt. Als ich das Eingangslicht meines Hauses sehe, wird die Luft knapp, der Druck der Tränen in meinen Augen stärker und die schmerzhafte Sehnsucht lebendiger.

Das strömende Regenwasser spritzt unter meinen hastigen Schritten. Die Sehnsucht kennt keine Geduld ... ich renne ... ich bin da ... vor meiner Haustür. Der Weg bis zu dieser Tür war nicht einfach. Die Antwort auf die Frage, ob sich all die Schmerzen auf diesem Weg gelohnt haben, liegt direkt hinter dieser Tür ... hinter dieser Grenze ... der Grenze zu einem friedlichen Leben.

Der Schlüssel lässt sich leicht drehen. Der Atem in meiner Luftröhre und die Tränen in den Augen stocken. Wie gerne trete ich in diese Wohnung ein ... eins ... zwei ... drei. Meine Fingerspitzen drücken sanft gegen die Tür und öffnen sie ... Es ist dunkel ... Ich gehe durch den Flur und öffne die erste Tür ...

„Shila?", rufe ich leise.

Da ist das Badezimmer. Ich öffne die zweite Tür.

„Shila?" Das ist mein und Julius' Schlafzimmer. Ich schließe die Augen und schnüffle. Es riecht nicht nach mir ... Es riecht nur nach Julius, nach seinen bunten Tabletten und seinen Halluzinationen ... Es zeigt, wie ewig das schon her ist, als wir zuletzt hier gemeinsame Zeit verbracht haben ... Ab heute darf es nicht so bleiben ... Ich schließe die Tür und gehe am Wohnzimmer vorbei, das durch den Fernseher leicht beleuchtet wird, und öffne die nächste Tür. Ich atme endlich durch.

Die zwei großen, hellgrünen Augen, die von der Teddybär-Tischlampe beleuchtet werden und mich hinter den Stäben des Gitterbetts anlächeln, sind die pure Erleichterung. Das zarte Wesen steht auf, balanciert etwas unsicher und klammert seine Fingerchen um die Stäbe des Gitterbetts. Der Anblick bringt mich auf die Knie.

„Shila!"

Ich lege meine nassen Wangen an ihre winzigen Fäuste.

Angestrengt hebe ich mich auf die Beine, nehme die Kleine aus dem Bett und drücke sie fest über die nasse kalte Kleidung an mein Herz. Ohne auf den Widerstand und das Geschrei der Kleinen zu achten, bedecke ich ihr Gesicht mit Küssen und Tränen ... Ich gehe ins Badezimmer und drehe den Wasserhahn auf. Ich habe keine Kraft mehr ... ich sinke mit Shila unter der Dusche auf den Boden ... das ist der Moment der Erleichterung.

Ich wimmere lauter als Shila, die sich unter dem kalten Wasser wehrt und hustend schreit.

Das Wasser wäscht Matsch und Dreck von meiner Kleidung und den Schuhen, das getrocknete Blut von meinen Fingern und die letzten Tränen meiner Vergangenheit ...

Es beginnt ein neuer Abschnitt in meinem Leben ...

1

Deutschland
Freitag, 18. September 2015
„Im Westen und der Mitte Deutschlands können den Meteorologen vom Deutschen Wetterdienst zufolge vor allem bei Schauern und Gewittern weiterhin einzelne orkanartige Böen auftreten. Durch den Dauerregen in Baden-Württemberg und Bayern besteht Hochwassergefahr an Bächen und …"
In den zerplatzenden Regentropfen der Windschutzscheibe verrinnen die gelb beleuchteten Quadrate der Fenster in der vornehmen Straße des Münchener Nordens zu immer neuen Zerrbildern.
Sogar der peitschende Wind, der von allen Seiten auf das Auto einschlägt, vermag Julius nicht aus seinen Gedanken zu holen, die ihm seit Monaten heftige Kopfschmerzen bereiten.
Zwischen seinen Zähnen zermahlt er die Valium-Tablette; der bittere Geschmack zwingt ihn, eine Sekunde die Lider zusammenzukneifen.
„… auch könne es Erdrutsche und Überschwemmungen von Straßen …"
Der Gedanke an Daryas Entscheidung für die Trennung macht den Geschmack des Valiums unerträglich und nötigt Julius, das Radio auszuschalten. Heftig ausatmend, den Blick angestrengt auf die schlierige Windschutzscheibe gerichtet, nimmt er seinen Ehering aus der Ablage und steckt ihn an den Finger.
Der heftige Wind schüttet ihm Güsse von Regenwasser

ins Gesicht, während er mit der Tasche über dem Kopf rennend die Straße zum Haus überquert.

Auf einem Bein, die Einkaufstüten an die Brust gepresst, versucht er das Gleichgewicht zu halten, dreht den Schlüssel im Schloss, stößt fluchend mit dem Knie gegen die Türkante und stolpert überschwemmt von Regentropfen, die an ihm herunterrinnen, in den Flur.

„Fuck!"

Der warme Duft des selbst gebackenen Brotes, der sich mit dem frischen Geruch eines Reinigungsmittels und frischer Wäsche vermischt – zum ersten Mal erzeugt Darya Geborgenheit und familiäre Wärme in diesem Haus und zeigt Liebe zu ihrer Familie.

Darya ...

Still blickt er auf sie, unsicher, wer vor ihm steht ...

Es ist wie eine Zeitreise. Als ob die Frau vor ihm nicht die wutentbrannte Darya aus der elenden Gegenwart ist, sondern die Darya aus der schönen, harmonischen Phase ihrer gemeinsamen Vergangenheit ... Als ob ein Ausschnitt aus einer verlorenen Zeit zurückgekehrt ist. In dem roten Kleid, einem Geschenk von Julius, das sie noch nicht einmal anprobiert hat und das seit Jahren im Durcheinander des Kleiderschrankes verschollen war.

Daryas Haar war immer voll und glänzend, aber zum ersten Mal nach Jahren bemerkt Julius in diesem Moment, wie schön ihr die weiche, hellbraune Pracht über die Schultern fällt, die roten Lippen und diese hellgrünen Augen, die zum ersten Mal seit Ewigkeit Julius nicht flüchtig und uninteressiert anblicken, sondern liebevoll mustern.

Darya steht da, in ihrer vollen Schönheit, mit der Hand auf den Esstisch gestützt. Ein Gegenstand, der wie alle anderen Dinge im Haus von dem gelangweilten, uninteressierten Julius über das Internet bestellt wurde – Hauptsache ein Esstisch – und seitdem er sich erinnern kann, in der Ecke der Küche Staub angesetzt hat und nie seine Aufgabe erfüllen konnte, Darya und ihn abends zusammenzubringen. Jetzt steht er blitzblank, schön gedeckt für zwei in der Mitte des Essbereiches …

Darya lächelt und zieht einen der zwei Stühle zurück. Ihr Blick lädt Julius ein.

Julius schwankt, ob er sich einfach der Verführung hingeben oder kühlen Kopf bewahren soll. Seine Erfahrung mit Darya rät ihm zur Skepsis.

„Was soll das?"

Er sucht eine Antwort in ihrem Blick. Aber er findet sie nicht. Verbirgt sich Berechnung hinter ihrem werbenden Lächeln, das sie ihm schon seit Jahren nicht mehr geschenkt hat? Es ist vertraut und fremd zugleich. Ratlos seufzend lässt sich Julius auf den Stuhl fallen.

Er drückt den Rücken durch und schaut sich den bunt und reichlich gedeckten Tisch an. Mit einem Kopfnicken gibt er sich den Anschein, als ob er von den Gerichten beeindruckt sei. Aber er kann es nicht sagen, weil es nur die halbe Wahrheit ist. Die andere Hälfte lautet, dass diese schöne, kultivierte Frau sich seit Jahren nicht mehr für ihn interessiert. Warum also jetzt? Wut steigt in ihm auf, weil er spürt, dass Darya auch jetzt noch in dieser rätselhaften Idylle mit ihrer Verweigerung Macht über ihn hat. Alles sträubt sich in ihm gegen ihren Reiz, ihr rotes Kleid – und die roten Lippen, die ihn irgendwann nur noch mit Verachtung und Wut bedacht haben.

Wenn es nach ihm ginge, würde er sofort unter die Dusche springen, dann direkt ins Bett und so den Abend beenden. Warum sitzt er noch hier, völlig nass vom Regen und lässt sich von dieser unergründlichen Frau an den Stuhl fesseln?

Er dreht sich räuspernd um und blickt umher auf die Eingangstür, die Wände und den frisch gewischten Fußboden, auf dem er seine Fußabdrücke sieht, die am Tisch enden. Er überlegt kurz, sich für die schmutzigen Fußabdrücke zu entschuldigen, aber dann lacht er ohne Mimik und nickt nervös in Richtung der Flecken.

„So dumm das alles ..." Die Worte seiner tiefen Stimme sind kaum zu verstehen. Er atmet tief durch und drückt mit gesenktem Kopf die Handballen gegen die Tischkante. Er kann Daryas Blick, der ihn durchbohrt und ihn auffordert, sie ebenfalls anzusehen, nicht mehr erwidern. Er verengt die Augen, deutet auf den Tisch und fragt mit schräg gelegtem Kopf: „Was soll das alles?" Dabei greift er nach einer Gabel, die er scheppernd auf den Teller fallen lässt.

„Ein unvergesslicher Abschied vor der Scheidung?" Er denkt kurz mit gesenktem Blick nach, dann lacht er spöttisch. Seine nassen Locken wirft er nach hinten, beugt sich über den Tisch und packt die Rotweinflasche.

Während er sein Glas füllt, verzieht er mitleidig die Mundwinkel.

„Dann komm. Lass uns doch …" Er nimmt einen großen Schluck, „anstoßen!"

Mit einem lauten Knall zerscheppert das Glas an der Wand. Die rote Flüssigkeit rinnt über die Wand zum Boden.

Darya zuckt nicht einmal, der Knall kann sie aus ihrer Versunkenheit nicht aufschrecken. Ihr Blick wird eindringlicher und hält Julius' wütende hellblaue Augen fest. Die zarte Haut ihrer Fingerspitze gleitet über seine regennasse Wange.

Julius zieht abrupt seinen Kopf zurück: „Alles klar mit dir?"

Daryas Blick reißt ab, sie erwacht aus ihrer Starre und lächelt sanft.

„The baby cries!", erklingt ihre helle, energische Stimme. Ihr hüftlanges Haar schwingt herum, mit einer ruckartigen Bewegung nähert sie ihr Gesicht dem von Julius. Ihre verhangenen, hellgrünen Augen wandern über sein Gesicht.

Sie durchkämmt mit ihren Fingern Julius' nasse Haare und gibt ihm einen Kuss, der ihn verstört.

„Shila weint nicht! Kannst du kein Deutsch?" Julius löst seine Lippen von ihren. Seine hellblonden Brauen ziehen sich zu einer tiefen Falte zusammen.

„Next month I have a presentation in Australia. So from now on we practice because I don't want to make a fool of myself. I am so lucky that I have the best English professor of Hamburg University as my husband."

„Was!?", sagt Julius verwirrt, kleinlaut und zögerlich. Er kann Englisch wie seine Muttersprache, aber in diesem

Moment braucht er ein paar Sekunden, um den Sinn hinter den Sätzen mit der Situation zu verknüpfen.

„I expected to hear the answer ‚With pleasure' from you, Herr Professor! Shila cries!"

Die laute Stimme ist nicht typisch für Darya. Sie drückt Julius einen flüchtigen Kuss auf den Mund und geht eine Melodie summend Richtung Shilas Kinderzimmer.

„My car has broken down! I took it to the mechanic!"

Julius, eine Hand auf die Tischkante gestützt, betrachtet Darya in tiefer Verwirrung, wie sie hüftschwingend die tief schlafende Shila aus ihrem Bett hebt und in die Arme nimmt.

Sie kommt mit dem Baby zu Julius und drückt ihm das Kind in den Arm.

„Was machst du denn da? Ich bin doch voll nass ...", sträubt er sich gegen den Kontakt mit dem Kind. Diese übertriebene Liebe zur Familie kann auf keinen Fall ein Ausgleich für die letzten beschissenen Jahre sein.

„Bitte!"

Darya drückt das Kind, das verstört die Augen öffnet, fester in Julius Arm.

„Die Arme ist doch ..." Julius wiegt die lächelnde Shila und gibt ihr einen Kuss auf die Wange, woraufhin sie sofort wieder die Augen schließt.

Da löst er seine Lippen von der Kleinen und blickt auf. Seine nassen Locken, deren Gold von ein paar grauen Strähnen durchbrochen wird, fallen ihm um das Gesicht. Der Blick seiner Augen ist verwirrt. Er schaut direkt in die Kamera von Daryas Handy, das auf ihn gerichtet ist.

Zufrieden und glücklich macht sie Fotos von ihrem Ehemann, in seinen Armen ihr Kind, an einem schön gedeckten Tisch.

Julius betrachtet sie abschätzig von unten bis oben, dann stößt er laut hörbar die Luft aus, steht gereizt mit dem Kind auf und verschwindet ins Kinderzimmer.

Darya drückt ihren Rücken gegen die Wand. Mit geneigtem Kopf blickt sie auf die kalt gewordenen Gerichte. Der neue Start ist eindeutig anders gelaufen, als sie es sich vorgestellt hat.

2

Samstag, 19. September 2015
Dämmerung.
Die sehnsüchtige Begegnung zweier paradoxer Geschehnisse. Still vermischen sie sich und werden für einen kurzen Moment zu einem.

Darya löst den Blick von dem grau-orange-rosa Himmel, lässt den Vorhang fallen, bindet den Gürtel ihres weißen Morgenmantels um und setzt sich vor den Schminktisch.

Das automatische Licht der Hängelaterne an der Decke der Terrasse, die der immer wieder zupackende Wind abzureißen droht, brennt noch.

Darya wendet sich auf dem Stuhl zu Julius, der sich unruhig im Schlaf bewegt. Mürrisch wie das Knarren des Bettes dreht er sich auf den Bauch, murmelt etwas Unverständliches und es dauert nicht einmal zwei Sekunden, bis er wieder in sich versinkt.

Sie ist erleichtert. Sie hat das getan, was sie tun wollte: Julius näherkommen. Von seiner Seite nur blanke Wut und keine Spur von Liebe. Aber Darya macht das nichts aus. Sie hat jetzt, was sie wollte.

Sie dreht sich zurück zum Spiegel und hält die Öffnung des Parfum-Flakons vor ihre Nase.

Es riecht sehr vertraut. Nach gestern Nachmittag … nach Wald.

Sie stellt das Fläschchen lautlos zurück auf den Schminktisch.

Das schwache Licht des rosa Himmels dringt durch die

weißen Chiffon-Vorhänge und färbt das Familienfoto ein. Julius soll mehr lächeln und Shila soll weniger weinen. Die beiden sehen sehr gut auf dem Bild aus. Sie schaut auf sich. In ihre Augen ... ihren Blick, der sie kühl und unverwandt anstarrt. Ein ödes Gefühl kommt hoch ... eine Mischung aus Trauer, Scham, schlechtem Gewissen, Bedauern, Glück, Lebhaftigkeit ...

Julius wird für ein paar Sekunden wieder unruhig. Darya dreht das Familienfoto herum auf den Tisch und versteckt die Gesichter. Dann wandert die Hand zu ihrem Gesicht und mit geschlossenen Augen weiter hinab zum Hals. Es fühlt sich gut an. Seit Freitagnachmittag liebt sie ihre Haut, rein und frisch. Sie lächelt sanft. Sie dreht den Kopf leicht und saugt den Duft ihres langen, offenen Haars ein, das ihr um die breiten Schultern fällt. Seit Freitagnachmittag riecht sie sogar anders, anders gut, anders sehr gut.

Zufrieden atmet sie tief ein und öffnet die Augen. Ihr Blick wandert über die Schmuckstücke und aufgehängten Ketten, deren Gold im schwachen Licht schimmert, zu Julius. Seine schweren Atemgeräusche sind gleichmäßig. Es ist genau der Zeitpunkt.

Darya schleicht an seine Seite des Bettes. Sie greift in die Tasche ihres Bademantels und holt einen schmalen Gegenstand heraus, der in ein Taschentuch gewickelt ist. Sie entfaltet das Taschentuch und hält die darauf liegende Spritze am Kolben. Die Spritze legt sie vorsichtig auf Julius Handfläche, die neben seinem Oberschenkel ruht. Die andere Hand schiebt sie vorsichtig unter seinen Handrücken, damit seine Finger sich schließen und die Spritze berühren. In welchem Traum ist er so tief versunken, dass er nicht einmal zuckt? Darya lässt seine Hand los, umwickelt die Spritze wieder mit dem Taschentuch und steckt es in die Tasche ihres Bademantels zurück. Zufrieden löst sie sich vom Bett und steht auf.

Auf dem Weg zum Flur fährt sie mit den Händen über die Wand. Das fühlt sich gut an. Dann über die halb offene Tür von Shilas Kinderzimmer, über die Küchenschränke, über die Früchte auf dem Küchentisch, über den Herd, über die Vorhänge.

Sie berührt ein friedliches Leben. Ein Leben ohne Gewalt, ohne Blut, ohne Erniedrigungen...

Sie zieht die Finger über die Terrassentür, über die Couch, sie kniet nieder und lässt die Hand über den Boden streichen. Nein, es reicht nicht. Sie macht eine zweite Runde durch das Haus.

Sie liebt dieses Haus. Sie liebt ihr Haus. Sie atmet tief durch ... Sie will die Lungen füllen mit all der Luft, die sich mit Julius' und Shilas Atem mischt ...

Das ist das Leben. Dieses Leben verdient, geküsst zu werden. Mit geschlossen Augen drückt sie ihr Gesicht an die Wand, die das Wohnzimmer vom Schlafzimmer trennt, riecht daran und drückt einen Kuss darauf ...

„Scheiße" Eine laute, raue, schläfrige männliche Stimme lässt Darya hart zusammenzucken und von der Wand zurücktreten.

„Was zum Teufel ..."

Julius steht im Flur, mit der Hand auf das Herz drückend und schwer atmend.

„Was machst du da? Du hast mich zu Tode erschreckt!"

Er kommt Darya mit gekrümmten Rücken und mit jedem ausgesprochenen Wort näher.

„Jul-" Sie verschluckt den Rest, bevor sie den Namen englisch ausspricht.

Julius ist immer noch nicht beruhigt und massiert sich die linke Brustseite.

„Es wird langsam kitschig. Kannst du bitte damit aufhören? Julius mit Jot, bitte, einfach mit Jot ...", flüstert er, sie halb genervt anschauend.

„Sorry...", sagt Darya Lippen kauend.

Julius schaut Darya prüfend von unten nach oben an, dann stellt er sich dicht vor sie hin und legt die andere Handfläche, die er nicht auf sein Herz drückt, auf Daryas Stirn und dann auf ihre Wange. Eine Weile schauen sie sich beide in einer nicht geheuren Stille in die Augen.

„Du bist ein bisschen warm ..." Er löst seine Hand von ihrem Gesicht, „und rot."

Darya schaut ihn stumm und starr an. Julius, dessen Augen sich an die Dunkelheit gewöhnt haben, hebt die Hand hoch und schwenkt sie vor Daryas Augen. Darya ist erstarrt und reibt sich mit dem Finger die rechte Schläfe, als ob sie wie ein dementer Mensch nach einem Wort sucht, das ihr schon auf der Zunge liegt.

„Ne! Es geht dir nicht gut! Warte! Ich hole meine Jacke, wir fahren ins Krankenhaus!"

Bevor Julius im Dunkel des Flurs verschwindet, kommt Darya zu sich.

„Nein ... Nein." Sie deutet auf Shilas Kinderzimmer.

„Shila ..."

Julius bleibt stehen und beobachtet verwirrt, wie sie in einer Art Trance in Shilas Zimmer verschwindet. Für eine Weile bleibt Julius mit einer unklaren Frage in seinem Kopf im Flur stehen. Er zieht die Mundwinkel herunter und zuckt mit den Schultern, löst den Blick von Shilas Kinderzimmertür und verschwindet ins Schlafzimmer. Darya hört seine Stimme: „Darya! Komm, lass uns schlafen!"

Jeder Buchstabe des Wortes „schlafen" zieht sich hin. Typisch Julius, er braucht nur die Waagerechte einzunehmen, um sofort in den Schlaf zu fallen.

Shila schläft. Darya schaut durch die Gitterstäbe auf ihr helles, kleines Engelsgesicht. Wie seltsam ist dieser kleine Mensch, ein Wesen, das noch Zeit braucht, um die Fähigkeiten zu entwickeln, die Geschehnisse der Umgebung wahrzunehmen, zu verarbeiten und zu bewerten. Wie seltsam ist es, dass dieses Wesen sich so schnell wie ein Tier an einen fremden Geruch gewöhnt.

Sie weiß nicht, wie lange sie schon vor dem Bett sitzt und Shila anstarrt, aber der Wandel des Himmels vom zarten Rosa in ein grimmiges, zum Weinen bereites Grau sagt ihr, dass sie das Gespür für die Zeit verloren hat.

Sie bewegt ihre Hand langsam zu der Tasche ihres Morgenmantels, holt eine Kassette heraus, steht auf und geht ins Wohnzimmer. Sie legt die Kassette ein, schaltet den Fernseher an und setzt sich auf die Couch. Sie drückt auf die Volume-Taste der Fernbedienung und die grünen Striche des Lautsprecher-Zeichens auf dem Screen steigen über Gelb auf Rot, höchstes Level.

Darya – die Frau auf dem Video – ist von auffälliger, etwas melancholischer Schönheit. Die Wirkung von Drogen sieht man an ihren halboffenen Augen.

Leidenschaftlich bewegt sie das Kaugummi zwischen ihren weiß schimmernden Zähnen, wimmernd greift sie in die Haare des Mannes, dessen Gesicht zwischen ihren Beinen vergraben ist, und schaut ab und zu mit den von Gott persönlich in das Gesicht gemalten hellgrünen Augen in die Kamera.

Mitten im Wohnzimmer, in dem jeder Zentimeter mit Daryas Stöhnen gefüllt ist, steht der verwirrte Julius, der durch die lauten Lustgeräusche aus dem Bett gerissen wurde. Er starrt sprachlos auf das Video, das auf die große Leinwand des Wohnzimmers projiziert ist.

„Was ist das für ein Scheiß …", murmelt er leise, schockiert und unfähig, seinen Blick von den Bildern loszureißen, wobei er mit ausgestrecktem Arm auf Darya zeigt, die mit der Fernbedienung in der Hand still auf dem Sofa sitzt.

„Was für ein Scheiß ist das denn?!"

Julius reißt endlich seinen Blick vom Video los und starrt wütend auf Darya, die seelenruhig mit übereinandergeschlagenen Beinen das Video betrachtet.

„Die Frau in dem Video! Bist du das?", fragt er entsetzt mit gesenkter Stimme.

Daryas starrer Blick gibt ihm keine Antwort.

„Ich rede mit dir! Was sehe ich da? Die Frau in dem Video. Bist du das?" Den Blick starr auf Darya gerichtet, geht er schleppend zu ihr.

„Erklär es mir!"

Der Mann, der kaum sein Gesicht vor der Kamera zeigt, bringt Darya von Sekunde zu Sekunde lauter zum Stöhnen.

„Mach das leise! Die Nachbarn hören den Scheiß!" Er reißt ihr die Fernbedienung aus der Hand. Wütend drückt er auf die Aus-Taste.

„Wie ist das entstanden? Wann? Wo? Wie?!"

Er beißt die Kiefer zusammen und knallt die Fernbedienung neben Daryas Gesicht gegen die Wand. Tief durchatmend schließt Darya die Augen.

„Wann?", brüllt Julius ihr ins Gesicht und presst seine Finger zusammen, um ihr nicht ins Gesicht zu schlagen.

„As we were in Kabul, on our trip to Afghanistan …"

„Hör mit dem Scheiß auf! Rede auf Deutsch!", zischt Julius, zwischen dessen Augenbrauen eine senkrechte Falte aufsteigt.

„It was just an experience!", sagt Darya ruhig.

„Eine Erfahrung?"

Hochgeschreckt durch seine schrille Stimme reißt Darya die Augen auf, versetzt Julius einen Schlag gegen den Oberarm, was ihn dazu bringt, den Weg frei zu machen, und läuft zu ihrem Schlafzimmer.

„Warte! Wo gehst du denn hin? Solange die Sache nicht geklärt ist, gehst du nirgendwo hin!"

Wütend setzt Julius ihr mit langen Sätzen nach.

„Warum zeigst du mir das? Warum zerstörst du mein Bild von dir!"

„You and people like you, you insist on your innocence and …"

Julius schnappt sie an der Schulter und reißt sie ruckartig herum. Seine Hand schlägt ihr den Mund blutig und bringt sie zu Boden.

„Wenn du noch einmal auf Englisch redest ..." Sein ausgestreckter Zeigefinger vor Daryas Gesicht zittert.

Sie presst die Handfläche auf die Schläfe und schaut mit unheimlicher Ruhe zu Julius empor, als sie der zweite Schlag direkt am linken Auge trifft.

„Es geht nicht um Unschuld! Es geht um Ehrlichkeit! Seit Monaten laberst du mich jeden Tag voll von Scheidung und heute erfahre ich sowas von dir!"

Die Adern seiner Hände, die sich verkrampfen, um weitere Schläge in Daryas Gesicht zu unterlassen, treten hervor.

Darya kriecht zur Wand und lehnt sich an den Heizkörper, während sie mit der Ecke des Bettlakens das Blut von ihrem Mundwinkel wischt.

Bedächtig atmet sie ein, als sie durch die offene Tür in Shilas Zimmer blickt. Die Kleine klammert sich mit ihren zarten Fingern an die Stäbe des Gitterbetts und springt auf und ab, spielt hinter Stäben Verstecken mit Darya und lacht herzhaft.

Reglos betrachtet Darya die ahnungslose Kleine für eine Weile.

Die unschuldige Begeisterung lässt sie sanft lächeln, sie legt ihre Hand an die Bettkante und bettet ihren Kopf darauf. Die erschöpften hellgrünen Augen verschwinden hinter den dichten schwarzen Wimpern. Sie will das laute Gelächter der Kleinen hören, das Lachen eines Babys mit ihrem ganzen Dasein aufnehmen, sich mit diesem Leben füllen. Die Keuschheit in der zarten Stimme des Kindes ist das unberührte Leben. Eine reine und unschuldige Existenz.

Daryas und Shilas Lachen steigern einander. Julius ist außer Fassung. Die Spitze von Daryas langem schmalen Zeigefinger zieht die Röte des Blutes über die Lippen und hält am Mundwinkel inne.

Das Gelächter wird lauter. Sie schaut Julius mit einem leeren Blick an, dann wendet sie ihn zu Shila, die ihr hinter den Gitterstäben verstecktes Gesicht wieder Darya zeigt und herzhaft lacht.

Julius schaut Darya sprachlos mit offenem Mund an und setzt sich entgeistert auf das Bett.

Darya versteckt ihr Gesicht hinter den Handflächen und mit einem plötzlichen „Wiii" zeigt sie Shila ihr erstauntes Gesicht, woraufhin die Kleine sich vor Lachen nicht mehr an den Stäben halten kann und rücklings auf die Matratze fällt. Darya versteckt wieder ihr Gesicht hinter den Händen. Dieses Mal drückt sie die Handballen fest an den blutigen Mund und weint bitter.

Den verwirrten Blick immer noch auf sie gerichtet, versucht Julius die Situation zu verstehen.

„Was ist mit dir los? Du bist nicht dieselbe Darya", flüstert er und schaut sie verstört an.

Tief einatmend steht Darya auf und geht in Shilas Zimmer, Julius' dunklen Blick im Rücken.

3

Brutal grenzenlos ist das Reich der Angst.

Darya ist ihr Name. Das bedeutet See. Das Blut rauscht in ihren Gefäßen wie Wellen, die an Felsen schlagen ... ihre dunkle, geheimnisvolle Tiefe ist unter der glänzenden Oberfläche des spiegelnden Sees nicht zu sehen. Darya, der See, ruht still in sich, neben Julius.

Mit dem blauen, geschwollenen Auge mustert sie im spärlichen Licht des Displays ihres Handys, das den Google-Übersetzer zeigt, Julius' Gesicht. Seine zarten Falten am Augenwinkel und die einzelne graue Strähne, die wieder nachgefärbt werden muss.

Darya nähert ihr Ohr seinem Mund. Der Rhythmus seiner Atemzüge im Schlaf ist anders als der aller anderen Männer, die sie schon im Leben hatte. Sanft streicht sie mit dem Zeigefinger über die hervortretenden Gefäße an dem Rücken seiner Hand, die auf seinem Bauch ruht und einmal kurz als Antwort der Berührung zuckt.

Das Leben ist wie das Prokrustesbett. An seinem festgelegten Rahmen kannst du nichts ändern. Wenn du in jeder Sekunde präsent sein willst, musst du dich dem Rahmen fügen, um nichts zu verpassen. Da fragt man sich, lohnen sich all die Schmerzen?

Das Schicksal hat Darya vieles genommen und in ein paar Stunden würde sie auch noch erbarmungslos aus ihrem ersehnten Leben als Ehefrau und Mutter gerissen. Der Gedanke an diese endgültige Trennung lässt ihren Zeigefinger von Julius Handrücken zurückzucken, sie reißt die Lider auf und ihr Blick erstarrt.

Kann sie aus diesem Albtraum denn nie erwachen?

Im Gegensatz zu einem Schauspieler, der am Ende der Vorstellung vor dem Spiegel sich nicht nur die Maske vom Gesicht reißt, sondern mit ihr auch seine Rolle ablegt, konnte sich Darya das, was das Leben ihr zugefügt hatte, nicht vom Leib reißen. Es ist ihr ins Gehirn injiziert, es gibt keine Maske.

Langsam, zögernd schließen sich ihre Lider.

Mit geschlossenen Augen senkt Darya den Kopf, ihre Haarspitzen berühren Julius am Hals und an den Lippen. Er zuckt kurz, dann ruht er wieder. Sie schnüffelt durch sein aufgeknöpftes Hemd an seiner spärlich behaarten Brust.

Er riecht gut nach teurem Parfum und Hoffnung.

Ohne Hoffnung ist ein Mensch tot, vernichteter Körper und Seele, ausgelöscht, Nie-Dagewesen, als ob er nie geboren worden wäre, nie in Raum und Zeit existiert hätte.

Der ruhige rhythmische Verlauf des Lebens ist eine Warnung.

Wenn alles zu gut ist, wartet etwas Schlimmes auf uns.

Darya schlägt erschrocken die Augen auf.

Es ist zu spät. In ein paar Stunden kommt der Punkt, von dem aus es keine Rückkehr mehr gibt.

4

Sonntag, 20. September 2015

Niemandem ist die Ewigkeit versprochen. Darya ist keine Ausnahme.

Das war's!

Zeit, Abschied zu nehmen und sich dem Schicksal zu überlassen. Aus der Gegenwart verschwinden, nicht zurückschauen, den Blick auf die nächsten Sekunden richten und hoffen, dass sie zu Stunden und die Stunden zu Jahren werden.

Das war's!

Diese Worte drücken Darya die Luft ab. Sie kann nicht mehr.

Sie will nicht gehen. Bleiben darf sie aber nicht …

Tränen lösen sich und tropfen auf Shilas Faust.

Sie küsst ihren kleinen roten Mund und flüstert: „Ich …" Der Satz bricht mit ihrem Schluchzen ab.

„Ich liebe dich."

Langsam löst sie ihren Zeigefinger aus Shilas Faust und mit feuchten Wangen schaut sie von ihrer Wiege hinüber auf die einen Spalt breit geöffnete Tür des Schlafzimmers.

Als die Tränen immer heftiger hervordrängen, wendet sie sich wieder Shila zu. Das Kind, an seiner Unterlippe saugend, schlägt kurz die Augen auf.

Darya drückt ihr vorsichtig einen Kuss auf den kleinen Mund und geht in den Flur.

Als sie den Mantel vom Haken nimmt, bleibt der Blick an ihrem Bild im Spiegel hängen. Er wandert und mustert den aufgeplatzten Mundwinkel und das durch den dick aufgetragenen Concealer schimmernde blaue Auge. Träge holt sie ihren Lippenstift aus der Manteltasche. Während sie wimmernd ihre Lippen rot färbt, hält der Lippenstift auf der Unterlippe inne, als Julius' erschöpfte Stimme vom Schlafzimmer herüberklingt.

„Heute musst du doch nicht zur Praxis oder bist du mit Lisa verabre-?"

Dreifaches Niesen unterbricht ihn.

Darya öffnet langsam die Tür, leise wimmernd ihren Kopf schüttelnd, unfähig, die Hand von der Türklinke zu lösen, blickt sie zurück.

Sie blickt auf einen zurückgelassenen Schatten von ihrer verhassten miserablen Vergangenheit, der sie abgehen sieht und ihrer Seele Trost bietet.

Ein Schatten, ein unerklärlicher Punkt in Julius' Leben, wie eine seiner Halluzinationen ...

5

Wie eine Statue steht Julius im dicken Parka vor seinem Spiegelbild im Flur.

Er zittert.

Es war kein harmonisches Leben, das er und Darya geführt haben, das weiß er, aber verstehen kann er das nicht. Die Gedanken kreisen.

„Wo habe ich was falsch gemacht?" – nein, eher: „Ich habe doch nichts falsch gemacht!" Ist sein erster Gedanke. Sein zweiter Gedanke lautet: „Wie feige bist du denn, dass du die spontane Frage zu einer Rechtfertigung umformulierst, um die Hitze des schlechten Gewissens abzukühlen."

„Scheiße", murmelt er mit hängendem Kopf, die Handflächen aneinander reibend.

In solchen Situationen, wenn vielleicht nicht die liebste, aber die engste Person im Leben plötzlich verschwindet, tut man nichts anderes, als zu denken, und zwar nicht an die Menschen, sondern an die Geschehnisse.

Nicht an Daryas erstes Lächeln, sondern die erste Ohrfeige, die er ihr verpasst hat. Nicht an ihre Begeisterung, dass sie Eltern werden, sondern an seine Angst, wie er das Dasein des Kindes verkraften würde – eines Kindes, das er eigentlich nicht wollte–, und an viele andere bittere Episoden, die sich so oft wiederholen, bis sie schließlich zur Routine werden.

Es ist zu chaotisch in seinem Kopf. Die bunten Tabletten sind nicht daran schuld, sondern die Darya in den letzten drei Tagen. Eine andere Darya, mit ihrer vertrauten Schale und völlig fremden Inhalt. Das Verhalten, die Ausstrahlung, die Zärtlichkeiten, der Blick …

Ihr Blick …

Für eine Sekunde taucht, aus der Tiefe, Daryas matter, fremdem Blick aus ihren vertrauten, hellgrünen Augen in ihm auf. Starr schaut Julius aus dem Augenwinkel … ins Nichts.

War sie anders oder hat er sich zu wenig Zeit genommen, um die andere Seite seiner Ehefrau zu entdecken? Oder vielleicht hat sie nur für drei Tage die infamste Lüge auf der Welt – die Liebe – für ihn geschauspielert? Wenn ja, dann hätte sie das nicht machen müssen! Sie hätte vor ihrem Verschwinden sie selbst sein müssen! Die grimmige, immer undankbare Darya! So wäre ihr Verschwinden weniger schmerzhaft, wenn überhaupt.

Oder …

Oder vielleicht war die Frau gar nicht Darya?

„Was?", murmelt Julius unverständlich. „Was denke ich denn da?"

Schwer atmend reibt er sich mit der Handfläche an der Stirn und murmelt weiter vor sich hin.

Eigentlich kommen Julius die absurden Gedanken nur, wenn er seine bunten Tabletten nimmt. Aber er erinnert sich ganz genau, seit drei Tagen hat er keine genommen. Es war der Freitagnachmittag, als er die letzte genommen hat, und zwar nur eine, die gelbe.

Julius schaut über Daryas Passfoto, das auf dem Schuhschrank liegt, zur Decke. Er ist matt. Es ist schwer zu sagen, ob er überhaupt noch atmet. Sein Blick wandert ziellos umher. Es ist die brennende Panik, die seine Haut jucken lässt. Die Beine wollen weich werden, die Gelenke einknicken.

Sollte er zur Polizei oder nicht?

Shilas schriller Schrei, der die Stille der verregneten Straße zerreißt, holt ihn aus den dunklen Zweifeln zurück.

Er blickt durch die offene Eingangstür und sieht Shila, die im Auto in ihrem Maxi-Cosi hin- und herrutscht. Sie verzieht ihr nasses Gesicht, schmollt und fängt dann wieder an, durchdringend zu schreien.

Sie braucht ihre Mutter. Sie braucht Darya …

Julius schnappt sich Daryas Passfoto und rennt durch den Flur zu Shila. Sie widersteht jeder Berührung des Vaters.

„Warum hast du schon wieder den Arm raus?"

Zähneknirschend klammert Julius seine kräftigen Finger um Shilas zarten Unterarm und drückt ihn fest in den Ärmel ihres Overalls. Dann greift er mit seinen großen Händen unter die Schulter der Kleinen, drückt sie hart in den Maxi-Cosi und schnallt sie wieder an. Dieses Mal so fest, dass sie die Arme kaum bewegen kann und keine Kraft mehr zum Weinen hat.

Julius' Gesicht ist rot angelaufen, unter der dicken Jacke ist er schweißgebadet. Heftig löst er seine Hände von dem Baby und reißt sich die Jacke vom Körper.

Als er sich wütend auf der Straße umschaut, bleibt sein Blick an der Nachbarin – Kathrin – hängen, die durch den schmalen Spalt der Vorhänge auf Julius späht.

Julius' Blick bleibt eine Weile an ihr hängen. Sie kann jeden Buchstaben des Wortes Schlampe von seinen Lippen lesen. Dann wirft er fluchend die Jacke auf den Beifahrersitz, lässt sich hinter das Lenkrad fallen und gibt Gas.

Wieder diese Schmerzen, die plötzlich auftauchen und blitzartig von den Wangen Richtung Ohren ausstrahlen. Der Satz des Psychiaters drängt sich in seine Gedanken.

„Die Entspannungsübungen müssen Sie regelmäßig durchführen …"

Er drückt abwechselnd ein Ohr und dann das andere zu, während er gleichgültig Shila im Rückspiegel betrachtet, die heftig weinend ihren Kopf nach hinten wirft und dabei den Mund so weit aufreißt, dass er ihr Gaumensegel sehen kann. Außer einem lauten Sausen hört Julius aber nichts, ein heftiges Summen, das seine Schädelknochen zum Vibrieren bringt.

Die Blitze vor den Augen machen es ihm unmöglich, sich auf die Fahrbahn zu konzentrieren. Er tritt auf die Bremse und schüttelt heftig den Kopf, kneift die Lider zusammen und richtet seinen angestrengten Blick auf die Frontscheibe.

„Was? Ich bin doch gerade erst eingestiegen!", formt sich der Satz in seinem Gehirn.

Wann er von der Landstraße abgebogen ist und wie lange sein Auto schon vor dem Gebäude des Polizeireviers parkt, weiß er nicht.

Wie ein Dementer, der nicht weiß, warum und zu welchem Zweck er sich an einem Ort befindet, steht er mit zur Seite geneigtem Kopf vor der Doppeltür mit der immer noch weinenden Shila in den Armen.

Starr schaut er auf den Türgriff und hebt die Hand, hält dann aber inne und zieht sie wieder zurück. Er presst die Lippen fest aufeinander und ballt die Hand zur Faust.

„Können Sie bitte den Weg freimachen!"

Eine weibliche Stimme reißt ihn aus seiner Erstarrung. Das Sausen in den Ohren ist weg und er kann jetzt ganz deutlich Shilas schrilles Geschrei hören, die den Mund direkt an seinem Ohr hat.

„Oh … Entschuldigen Sie", sagt er kleinlaut mit verwirrtem Blick, der zum Boden wandert, und tritt mit einem dünnen, nervösen Lächeln zur Seite.

Seine Ohren glühen und es kostet ihn unendliche Mühe, seinen Körper auf die Knie zu stellen. Er schluckt angestrengt.

Darya interessiert ihn nicht mehr. Wo zur Hölle sie ist, was sie gerade durchmacht oder was sie schon durchgemacht hat, ist ihm kein bisschen mehr wichtig. Er macht sich nur Sorgen um sich selbst.

„Was tun diese bunten Tabletten mir an? War meine Wahrnehmung immer so verkackt?"

In Shilas heisere Stimme hinein hört er sich plötzlich flüstern. Er senkt den Kopf und mustert sein Umfeld aus dem Augenwinkel, ob jemand bemerkt hat, dass er wie ein Verrückter mit sich selbst redet.

Als ob er einen linearen Zeitsprung nach vorne vollführt hätte, steht er nicht mehr vor der Eingangstür, sondern sitzt auf einem Stuhl vor einem Polizeibeamten, der ihn lange skeptisch betrachtet und sich dann seinem Notizzettel zuwendet.

Shilas ständiges Weinen zwingt eine der Polizistinnen, ihre Arbeit zu unterbrechen. Sie geht zu Julius, der dabei ist, Shila schaukelnd auf seinem Schoß zu beruhigen und sie mit der Milchflasche zu füttern.

Nach einem zustimmenden Nicken des Vaters nimmt die Polizistin Shila aus seinem Arm und lässt sie durch die Luft schweben.

„Ah du Süße. Was ist denn los? Hast du Hunger? Ja?", küsst sie die tränennasse Wange der Kleinen, während sie zu ihrem Schreibtisch zurückkehrt.

Nervös lächelnd, als Dankeschön, wendet sich Julius wieder dem Polizisten zu. Er streicht mit den Handflächen über sein blasses Gesicht, die trockenen Lippen und dunklen Augenringe. Dann holt er mit zusammengepressten Lippen und zitternden Händen ein Passfoto von Darya aus seinem Portemonnaie und legt es auf den Tisch.

„Ihr Handy ist aus! Sie hat nicht viele Freunde! Ich habe aber jeden, der vielleicht eine Nachricht von ihr bekommen haben könnte, angerufen, ohne Erfolg!"

Er nimmt seine Hand vom Bild und fährt sich zitternd mit den Fingern durch seine hellblonden Locken.

„Ist Ihre Frau psychisch stabil?"

„Ja, ja!", antwortet er unverzüglich, während er kurz zu Shila schaut, die in den Armen der Polizistin Milch trinkt und langsam die Lider senkt.

„Nimmt Ihre Frau irgendwelche lebenswichtigen Medikamente?"

„Nein!" Julius löst sofort seinen Blick von Shila und schluckt nervös.

„Wohin wollte Ihre Frau am Sonntagmorgen?" Der Polizist betrachtet Julius skeptisch.

„Ich habe mir gedacht, dass sie wie immer mit ihrer Freundin Lisa verabredet ist. Sie sind Kolleginnen und betreiben ihre Gynäkologie-Gemeinschaftspraxis. Sie frühstücken oft sonntags zusammen. Als sie am Abend noch nicht zu Hause war, dachte ich mir, dass sie bestimmt wütend auf mich ist, weil sie auf meine Nachrichten und Anrufe nicht antwortete."

Julius redet ohne Pause, mit fahrigen Gesten, den besorgten Blick auf den Tisch fixiert.

„Haben Sie sich bei ihrer Freundin gemeldet?"

„Gestern Abend nicht. Ich dachte mir, sie übernachtet bei Lisa, weil sie es öfter tut! Erst heute Morgen habe ich Lisa angerufen. Patrick, der Freund von Lisa, war am Telefon und sagte, dass Lisa gerade in Dubai sei. Also konnte Darya gar nicht bei ihr sein! Außer Lisa und unserer Nachbarin Kathrin besucht sie eigentlich niemanden …"

„Haben Sie die Nachbarin gefragt?"

„Ja, schon heute Morgen! Darya war auch dort nicht und Kathrin wusste nicht, wo sie sein könnte!"

„Haben Sie vielleicht bemerkt, ob sie irgendetwas von Zuhause mitgenommen hat?"

„Ich weiß es nicht … oder ja … ihr Auto ist nicht …"

Mit geschlossenen Augen drückt Julius seine rechte Handfläche an die Stirn, um sich zu konzentrieren.

„Ach nee … Sie sagte am Freitag, dass ihr Auto in der Reparatur sei."

„Sie haben vorhin gesagt, dass Sie Ärger mit ihrer Frau

hatten! Worum ging es?", fragt der Polizist vorsichtig, worauf sich an Julius' Hals und Nacken rote Flecken bilden.

„Also Samstag hatten wir … ja, einen kleinen Streit. Aber das war ja wohl nichts … Sie können doch ihr Handy orten, oder? Sie ist kein Freund von Technologie. Ein altes Nokia hat sie."

Endlich hebt er seinen unsicheren Blick vom Tisch und schaut den Polizisten abrupt an.

„Herr Langhorst! Es ist noch zu früh, aber wenn es dazu kommen sollte, falls sich SIM-Karte und Akku noch im Telefon befinden, werden wir das auf jeden Fall tun!"

Julius legt mit gekreuzten Armen seine Hände unter die Achseln, um sich zu beruhigen.

„Was hatte Ihre Frau an, als Sie sie zuletzt gesehen haben?"

„Hellblaues Jeanshemd …"

Er schließt die Lider und überlegt.

„Ich glaube, hellblaue Jeans, braune Stiefeletten und ihren hellbraunen Mantel, wenn ich mich nicht irre! Ich war noch im Bett und habe sie nur kurz durch den Türspalt gesehen!"

„Hm! Alles klar!"

Der Beamte dreht sich in seinem Stuhl, streckt sich zum Drucker und nimmt das Blatt; dabei lächelt er, um die Situation zu entspannen und Julius zu beruhigen.

„Vielleicht ist ihr bei diesem Sturm irgendetwas passiert? Kann ich bitte hierbleiben und irgendwie helfen?", fragt Julius mit verzerrtem Lächeln.

Der Polizist rückt etwas näher an Julius heran, legt das Blatt auf den Tisch und klopft darauf.

„Ich kann verstehen, dass Sie sich gerade große Sorgen um ihre Frau machen, aber Ihre Anwesenheit in der Polizeistation, mit allem Respekt, bringt leider nichts! Außerdem wäre es für Ihr Kind sehr anstrengend. Es ist besser, wenn Sie bitte zu Hause bleiben. Ihre Frau kehrt bestimmt zurück und Sie sollten für sie da sein. Das Wichtigste haben Sie uns vermittelt, den Rest erledigen wir."

Um Julius, der verstört auf dem Stuhl sitzen geblieben war, zum Aufstehen zu bewegen, erhebt sich der Polizist und streckt ihm die Hand entgegen.

„Wir benachrichtigen Sie über jeden unserer Schritte!"

Lächelnd drückt er Julius die Hand, der darauf verwirrt und lethargisch zur Polizistin geht, um Shila, die nun tief schlief, aus ihren Armen zu nehmen.

6

Durch die Stille des schwach beleuchteten Raumes bricht hin und wieder Julius' Schniefen, während seine Zigarette zwischen Zeige- und Mittelfinger verglimmt.

Die Schultern seines übergroßen Schattens an der Wand beben, während der permanent ausgestoßene Zigarettenrauch seinen Blick vernebelt. Seine Beine zittern vor Anspannung.

Die Luft zischt zwischen den zusammengepressten Zähnen hervor. Seinen Blick kann er nicht von den blauen und gelben Tabletten auf dem Tisch lösen. Die beiden Handflächen drückt er fest gegeneinander, sodass die Zigarette zerquetscht wird.

Er kneift die Lider zusammen, als ob er vor Schmerzen schreien müsste, ballt die Faust, dann spreizt er die Finger auseinander und greift hastig zu den bunten Tabletten.

Als er zwei zwischen den Zähnen zermahlt, schlägt er sich mit beiden Händen wuchtig ins Gesicht und drückt die Faust gegen den kauenden Mund.

Die Adern an seinen Schläfen und am Hals vertragen keinen Druck mehr. Er drosselt seinen Schrei mit der Faust und sein nasser Blick sucht Zuflucht bei Shila, die auf dem Sofa, friedlich schlafend, an ihrem Schnuller nuckelt.

Wie ein Kind schluchzt er und beißt sich auf die Lippen. Mit hängendem Kopf stützt er sich auf die Oberschenkel, um aufstehen zu können.

Während seine Hände Halt an der Wand suchen, wirft er

einen bösen, plötzlich nüchternen Blick auf die tief schlafende Shila.

„Deine Mutter hat am Samstag an dieser Wand gerochen!"

Er schlägt mit der Faust an die Wand.

„Hier … Genau hier …"

Er drückt die Nase an die Wand und riecht daran. Jetzt wird der Klang jedes einzelnen Wortes durch den Gehörgang, in die Zellen, in die Nerven und ins Hirn schmerzhaft. Er hält den Kopf mit beiden Händen fest.

Plötzlich dehnen sich die Wände in alle Richtungen und reflektieren grelle Lichtblitze.

Er blinzelt, schüttelt verwirrt den Kopf, dann senkt er die Stimme, murmelt etwas und reibt seine nasse Wange an der kühlen Wand.

Dabei fuchtelt er mit dem Arm in der Luft herum, als ob er nach etwas greifen will, und packt schließlich mit der Faust den Kragen seines Pullovers.

Heftig atmend lockert er die Faust und schiebt sich vorsichtig an der Wand entlang Richtung Shila, die ihm wie durch ein verkehrt herum gehaltenes Fernglas als kleiner Punkt erscheint.

Mit leerem Blick schaut er auf das Baby.

Er nähert seine Hände Shilas Gesicht, aber es scheint ihm, als ob er ins Leere greifen würde. Die Hände erreichen nichts, berühren nichts.

Speichel hängt ihm am Mundwinkel. Er versucht sich über das Gesicht zu wischen, aber wie ein Baby, das sich mit der Funktion seiner Hände noch vertraut macht, reibt er sich irgendwo am Gesicht. Er lässt die Arme fallen und stupst Shila hart an der weichen Schulter an. Sie schlägt erschreckt die Augen auf und fängt an zu schmollen. Julius bricht verwirrt in Lachen aus.

„Deine …"

Zusammen mit dem Wörtchen „deine" würgt er Mageninhalt hervor, den er hinunterschluckt und der sein Lachen erstickt.

Er kann die Augen kaum noch offenhalten. Das Bewegen der Zunge schmerzt. Er versucht sich auf Knien und Händen Shila zu nähern, verliert aber das Gleichgewicht und unter dem Satz „Deine Mutter ist tot!" sinkt er lethargisch auf den Boden.

Das pochende Blut in den Gefäßen seines Hirns ist lauter als Thomas Schusters Worte, des Polizisten, die in seinen Ohren nachhallen.

„Der Leichnam einer weiblichen Person, auf den die Beschreibung ihrer Frau zutrifft, wurde im Allacher Forst gefunden …"

7

Der Zweifel macht der Gewissheit Platz.

Endlich gefunden, aber tot.

Darya liegt im Leichensack im Kühlraum. Aber sogar in ihrem Tod lässt sie Julius nicht in Ruhe. Sie löst Angst aus. Die Angst, die langsam an Julius hochkriecht – Angst vor den Behauptungen, falschen Beweisen, vor der verschwimmenden Grenze zwischen Wahrheit und Lüge, davor, dass sogar der harmlose Satz „Zu dem Zeitpunkt habe ich meine Schuhe geschnürt" jemanden in die Rolle des Täters stürzen kann.

Julius ist erschüttert von Thomas Schusters Worten, die keinen Halt in dieser Welt haben. Als würde er aus einem Science-Fiction-Roman vorlesen. Er versteht die Welt nicht mehr.

Er steht mit gesenktem Kopf und stützt die Hände auf dem Tisch ab.

Sein ganzes Begriffsvermögen ist eine unendliche, blanke Leere. Was er hört, stimmt nicht. Es kann einfach nicht stimmen. Aber wie kann er denn das Gegenteil von dem beweisen, was der Kommissar aus dem Autopsiebericht vorliest?

Es ist nicht irgendeine Behauptung, es ist ein Beweis. Ein paar trockene Sätze reiner Wissenschaft, die man nicht bestreiten kann, die einem Richter das Recht geben, jemanden mit einem Urteil von der Dauer eines tiefen Atemzuges in die Hölle zu schicken.

An Julius Atemstößen ist zu erkennen, dass es energisch

in ihm arbeitet. Angestrengt schluckt er runter. Das Einzige, das ihm Trost bietet, sind die Gedanken an seine bunten Tabletten, die zu Hause auf ihn warten.

„Herr Langhorst! Beruhigen Sie sich bitte! Dies sind die Ergebnisse der Autopsie."

Schuster schiebt vorsichtig eine Zigarette zu ihm hin.

„Das kann nicht sein! Freitag, Samstag und Sonntag. Sie war zu Hause! Sie hat gekocht. Sie hat Shila gebadet. Was ist denn mit Ihnen los? Wollen Sie mich in den Wahnsinn treiben? Sie war in diesen drei Tagen noch da! Das kann doch verdammt nochmal nicht wahr sein!"

Schreiend hält er seinen Kopf mit den Händen fest, schwankt zur Wand und bleibt dort stehen.

Schuster steht mit den Händen in der Hosentasche im Raum und schaut Julius verwirrt an.

„Herr Langhorst! Es tut mir sehr leid, aber was Sie uns erzählen, widerspricht dem Ergebnis der Autopsie ..."

„Halten Sie den Mund!"

Julius geht auf Schuster zu, bleibt ein paar Schritte vor ihm stehen und ballt die Fäuste.

„Sie hatten genug Zeit, Darya zu finden! Aber die haben sie nur vergeudet!"

Schusters Gesicht läuft rot an, aber das Verständnis für einen Trauernden, der seine Frau grauenvoll verloren hat, hält ihn zurück.

„Wir haben sie doch gefunden! Hören sie jetzt mit dem Blödsinn auf und erzählen Sie uns die Wahrheit!"

„Welche Wahrheit? Sie war Freitag, Samstag und Sonntag noch da! Bei mir und meinem Kind!"

„Hören Sie doch auf mit dieser Freitag, Samstag und Sonntag Geschichte!"

Schuster, mit der noch nicht angezündeten Zigarette in der Luft herumfuchtelnd, verliert die Kontrolle. Er streicht die lange graue Haarsträhne, die ihm ins Gesicht gefallen war, mit den Fingern zurück und nach einer kurzen Stille im Raum setzt er ruhig fort: „Herr Langhorst! Das Ergebnis der Autopsie sagt, dass Ihre Frau am Freitagnachmittag mittels einer Giftspritze umgebracht wurde! Das heißt, Freitagabend, Samstag und Sonntag konnte sie nicht bei Ihnen … "

Jetzt explodiert die Wut in Julius, außer sich schlägt er die rechte Faust drei-, vier-, fünfmal auf den Tisch. Er wendet sich ab und dreht sich sofort wieder um, mit einem bitteren Blick auf Schuster.

„Ich habe Ihnen die Wahrheit gesagt!"

„Das Auto Ihrer Frau wurde auch im Allacher Forst gefunden!", sagt Schuster mit gedämpfter Stimme.

„Am Freitagabend meinte Darya, ihr Auto sei kaputt und dass sie es in die Werkstatt gebracht habe!"

Als der Kommissar das Wort „Freitagabend" wieder hört, schüttelt er den Kopf, macht zwei Schritte zum Tisch und bleibt Julius gegenüber auf der anderen Seite stehen.

„Herr Langhorst! Wir können an der Tatsache, dass Ihre Frau Freitagnachmittag, den 18. September zwischen 17 Uhr und 17:30 Uhr umgebracht wurde, aber Sie sie zuletzt am Sonntag gesehen haben, nichts ändern, aber wir können gerne die Unklarheiten in diesem Fall ans Licht bringen! Dafür brauchen wir nur Ihre Kooperation!"

Japsend schweigt Julius. Schuster nimmt die Zigarette vom Tisch und indem er sofort den Raum verlässt, nimmt er Julius die Möglichkeit, noch einmal in Wut auszubrechen.

Yann Köhler, die Stirn kratzend, läuft Schuster durch den Flur entgegen.

„Hast du was Neues?"

„Nichts! Das Arschloch lügt weiter unverschämt! Hast du die Genehmigung zur Durchsuchung seiner Wohnung?"

„Ja! Ich habe aber auch was Neues für dich!"

„Spuck es aus!"

„Die Giftspritze, mit der seine Frau umgebracht wurde, ist in Pakistan hergestellt worden!"

„Wie?" Überrascht reißt Schuster die Augen auf.

„Wir sollten rausfinden, wie es die Spritze hier nach Deutschland geschafft hat!"

Köhler bleibt neben dem Getränkeautomaten stehen.

„Hast du ihm mitgeteilt, dass seine Frau nackt aufgefunden wurde?"

Er schlägt mit der Handfläche gegen die Knöpfe.

„Fuck, ey! Ist er schon wieder kaputt?"

„Nein, hab' ich nicht."

Schuster holt eine lose Zigarette aus der Manteltasche und klopft ihr Ende schniefend gegen seinen Handrücken.

„Er war nach der Identifizierung komplett zerstört und heute gab er mir kaum Zeit auszureden! Der Typ ist einfach mega aggressiv!" Lächelnd steckt er die Zigarette in Köhlers Brusttasche.

„Hat dieselbe Wirkung wie der Kaffee!"

Köhler läuft Schuster hinterher, der sich eine Zigarette zwischen die Lippen steckt.

„Und Lisa Schumacher kommt morgen aus Dubai! Aber bis dahin können wir doch zur Nachbarin!"

„Welche Nachbarin?"

Mit langen Schritten läuft Schuster Richtung Ausgangstür, den Rauch seiner Zigarette ausstoßend.

„Dr. Kathrin Latschen! Laut Herrn Langhorst, eine gute Freundin des Opfers. Rechtsanwältin und eine Hardcore-Feministin!"

„Na dann … endet heute ja witzig!", nuschelt Schuster, wobei er die Ausgangstür mit dem Bein aufdrückt.

8

Ein kühler nebeliger Nachmittag. Mal umfächelt die Luft das Gesicht, mal pustet sie plötzlich hinein. Ungewöhnlich für diese Jahreszeit, aber nicht für München.

Köhler betrachtet aus dem Augenwinkel seinen Kollegen Schuster, der wie eine Lokomotive Zigarettenrauch ausstößt und die nach dem viertägigen, pausenlosen Regen gereinigte Luft verpestet.

„Hast du vor, den Filter tot zu rauchen?"

Oft werden Yanns Äußerungen von Thomas ignoriert, wenn sie nicht mit dem Fall, an dem die beiden arbeiten, in einem Zusammenhang stehen.

So auch dieses Mal. Er schnippt den Filter achtlos auf die wie frisches Lakritz glänzende Straße, schlägt den Kragen seines Mantels hoch, gräbt seine Fäuste in die Manteltaschen und schaut durch die von der Atemluft beschlagenen Brillengläser streng auf die Fahrbahn, die sich bergauf im dunkelgrünen Wald verliert.

Der gewaltige Sturm hat im ruhigen Stadtviertel der Münchener Wohlhabenden kaum eine Spur hinterlassen.

Die beiden laufen an weißen Villen entlang. Schuster achtet kaum auf die luxuriöse Umgebung, während Yanns Blick neugierig und abschätzig die großzügig angelegten Vorgärten und davor geparkten Edelkarossen besichtigt. Dann mustert er mit neugierigen Blicken seiner kleinen dunkelbraunen Augen, Thomas' stille Gleichgültigkeit.

„Wie viel Kapital steckt hier wohl drin?", murmelt er in einer Mischung aus Ärger und Bewunderung.

Thomas wendet seinen Blick nicht von der Straße ab.

„Siehst du? Es gibt auch noch ein Leben außerhalb deines stinkigen Mikrozimmers!"

Sein Grinsen verschwindet wieder hinter dem hohen Kragen. Yann hat für Thomas' Ignoranz mehr übrig als für seine humorlosen Witze. Er rollt mit den Augen und drückt auf die Klingel eines Hauses von zurückhaltender Eleganz.

„Bleib stehen!", schallt hinter der geschlossenen Tür die Stimme einer Frau, die sich viel Zeit nimmt.

Köhler nähert seinen Zeigefinger wieder der Klingel, als die Tür plötzlich aufgeht.

„Guten Tag! Kriminalpolizei. Kommissar Thomas Schuster und mein Kollege, Kommissar Yann Köhler!"

Skeptisch, mit gerunzelter Stirn blickt Kathrin Latschen zwischen den beiden hin und her, während sie mit energischer Geste ihren Hund auffordert, ins Wohnzimmer zu verschwinden.

„Wie kann ich Ihnen helfen?", erkundigt sie sich vorsichtig.

„Frau Latschen, wann haben Sie zuletzt Frau Langhorst gesehen?"

„Donnerstagnachmittag. Was ist denn passiert?", fragt sie ohne Zögern.

„Frau Langhorst ist tot."

Kathrin schweigt betroffen, dann flüstert sie mit zitternder Stimme: „Meine Güte! Was? Oh mein Gott! Wie … Warum?" und greift nach der Türklinke, um sich festzuhalten.

„Noch unklar! Haben Sie in der letzten Zeit etwas Merkwürdiges an ihr bemerkt?"

Ihr Blick ist auf die Straße gerichtet, sie hält die Hand vor den Mund und schüttelt den Kopf.

„Falls es Ihnen nicht gutgeht, können wir …"

„Nein, nein! Alles gut …"

Blinzelnd löst sie ihren starren Blick von der Straße und versucht mit einem zitternden Lächeln sich zusammenzureißen.

„Ich bin nur schockiert! Und zwar sehr! Wir waren keine engen Freunde, aber halt gute Nachbarn füreinander. Oh mein Gott", unterbricht sie sich, während sie mit hängendem Kopf eine Strähne, die sich von ihrem silbergrauen Dutt gelöst hat, hinter das Ohr schiebt.

„Haben Sie in der letzten Zeit etwas Merkwürdiges an ihr bemerkt?", wiederholt Schuster vorsichtig seine Frage.

„Eigentlich nicht, aber …"

Sie stützt die Hände in die Hüfte, blickt zum Himmel und holt tief frische Luft. Nachdenklich zieht sie die Unterlippe ein, schaut Schuster unsicher an und senkt den Ton ihrer Stimme.

„Werden Sie etwas von dem, was ich Ihnen erzähle, Herrn Langhorst weitergeben?"

„Natürlich nicht! Alles bleibt unter uns."

Kathrin löst ihre Hände von der Hüfte und kreuzt die Arme fest vor ihrer Brust.

„Donnerstagnachmittag ging es bei ihnen wieder sehr turbulent zu. Ich war im Garten beschäftigt. Julius' Geschrei wurde immer lauter. Ich habe anfangs das ganze Geschreie ignoriert, aber als ich ihr Baby Shila weinen hörte, brachte die Sorge mich dazu, durch den Zaun in ihren Garten zu spähen."

Mit der Hand vor dem Mund blickt sie aus dem Augenwinkel kurz auf Daryas und Julius' Haus, in dem keine Lichter brennen.

„Hm?!", fordert Schuster sie auf, weiterzureden.

„Darya saß auf der Gartenliege. Es grollte und regnete wie verrückt. Ihr Gesicht war verheult und sie weinte ohne Pause ... von Kopf bis Fuß klatschnass. Vielleicht ist es nicht richtig, dass ich es erzähle, aber ...", fährt sie nach einem kurzen Schweigen fort.

„Die Knöpfe von Daryas Kleid waren geöffnet. Also man sah ... ja ... ihre ... als ob ihr das Kleid vom Körper gerissen wurde."

Sie schluckt die Nervosität runter und reibt zitternd die Handflächen aneinander.

„Dann ist Julius mit Shila im Garten aufgetaucht. Er saß neben ihr und schrie sie dauernd an, warum sie sich nicht um Shila kümmere und warum sie mit ihm kein Wort wechsle. Darya reagierte überhaupt nicht. Nach einer Weile ging er mit Shila zurück ins Haus. Das arme Kind. Es schrie sich heiser. Darya verharrte wie eine Statue auf der Liege im Regen und weinte still vor sich hin. Ohne ihr Kleid zuzuknöpfen. Das war für mich völlig ... wissen Sie ..." Sie hielt erneut inne, biss die Kiefer aufeinander und kratzte sich an der Stirn.

„Also ... Darya hat mir schon einmal erzählt, dass sie sich von Julius trennen wollte! Sie hat mich sogar gefragt, ob ich als ihre Rechtsanwältin sie bei der Scheidung vertreten würde, was ich auch akzeptiert habe! Aber so zerstört wie an jenem Tag habe ich Darya nie erlebt."

Die Stimme versagt ihr.

„Wie ist es überhaupt passiert?"

Zart wischte sie ihre Tränen mit der Spitze des Zeigefingers fort und senkte den Ton ihrer Stimme, sodass Schuster Mühe hatte, sie zu verstehen.

„Wurde sie umgebracht?"

„War Herr Langhorst Montagmorgen bei Ihnen?"

Schuster holt ein Papiertaschentuch aus seiner Manteltasche und reicht es Frau Latschen.

„Dankeschön. Ja. Darya kam gelegentlich zum Kaffeetrinken bei mir vorbei. Er wollte wissen, ob sie vielleicht bei mir war!"

Unkontrolliert laufen ihr die Tränen über die Wangen.

„Oh! Entschuldigen Sie bitte!", weint sie weiter, während sie versucht, das unwillkürliche Zittern ihrer Lippen unter Kontrolle zu bekommen.

Die Kommissare schweigen und lassen ihr Zeit.

„Am Montagmorgen, wie wirkte Herr Langhorst da auf Sie?" Behutsam mischt sich Köhler in das Gespräch ein.

„So nervös habe ich ihn nie erlebt!", antwortet sie ohne Zögern.

„Okay. Vielen Dank für Ihre Hilfe, Frau Latschen!"

Schuster schaut zum Haus hinüber und greift sich tief durchatmend an den Mantelkragen.

„Sie haben meine Frage nicht beantwortet! Wurde sie umgebracht?"

Sie schaut Schuster an, während sie Köhler die Hand schüttelt.

„Falls Herr Langhorst das für angemessen hält, wird er Ihnen die aktuellen Nachrichten über seine Frau mitteilen! Einen schönen Nachmittag wünsche ich Ihnen!"

„Gleichfalls!"

Die Arme vor der Brust kreuzend bleibt Kathrin Latschen im Türrahmen stehen. In ihrem Morgenmantel und ihren Hausschuhen, mit feuchten Augen und starrem Blick sieht sie die beiden zu ihrem Auto gehen, während sich ihr Hund bellend zu ihr gesellt.

9

Es ist für ihn nicht zu fassen. Nicht einmal in seinen schlimmsten Albträumen hätte er sich so was vorstellen können.

Seine Wohnung voll von Polizisten, die ihn respektvoll lächelnd anschauen, aber gleichzeitig mit ihren komischen Geräten an den Wänden, auf dem Boden, in der Toilette und dem Waschbecken eifrig nach einem Beweis suchen, um Julius' vom Verdächtigen zum Täter zu befördern.

Ein Polizist tritt an die Wand hinter dem Esstisch und richtet das Gerät auf den blassroten Fleck. Julius flucht dieses Mal laut.

„Verdammt noch mal ... das ist doch Rotwein!"

Der Polizist ignoriert seinen düsteren Blick und konzentriert sich auf seine Arbeit. Schuster hält sich zurück und versucht, mit einem verständnisvollen Blick Julius zu beruhigen.

Julius' Blut kocht. Durch das Fenster sieht er, wie Köhler mit einem Kollegen gestikulierend in dem dunklen Garten Richtung Gerätehaus geht. Er kratzt sich heftig am Nacken, dreht sich um und schaut keuchend unter seinen gesenkten Wimpern auf die Polizisten im Haus. Dann lässt er in der offenen Küche seine Wut an den Schranktüren aus, schlägt sie laut auf und zu, um angeblich nach Shilas Milchpulver zu suchen.

Als sein Blick auf Schuster fällt, der mit den Händen in der Hosentasche im Wohnzimmer auf und abgeht, um unauffällig Julius im Blick zu haben, schüttelt er fluchend den Kopf und füllt zitternd den Wasserkocher auf.

Zwei Polizisten gehen in Shilas Zimmer. Julius wirft den Wasserkocher in das Spülbecken und rennt den beiden hinterher.

„Was soll der Scheiß? Das ist die Wäsche meines Kindes! Finger weg!"

Er reißt Shilas kleine Unterhose aus der Hand des Beamten, der ihn verwirrt anschaut und widerstandslos das Stück Stoff loslässt.

Von Julius' Geschrei taucht Schuster sofort ins Shilas Kinderzimmer auf.

„Alle raus, bitte!"

Der Polizeibeamte nimmt sofort seine Hände von der Schublade, tauscht einen Blick mit Schuster und verlässt mit dem anderen Beamten nickend das Zimmer.

Schuster tritt vorsichtig an Julius heran und stellt sich neben ihn. Unruhig atmend, Shilas Unterhose in der Faust zusammendrückend wendet Julius seinen hängenden Kopf von Schuster weg.

„Herr Langhorst, lassen Sie uns bitte unsere Arbeit …"

„Thomas! Kannst du mal bitte kommen!"

Schusters Flüstern wird von Köhlers Ruf unterbrochen.

Als er im Flur auftaucht, gibt ihm Köhler zwinkernd ein Zeichen, ihm zu folgen, und verschwindet rennend im Gerätehaus in der Ecke des Geländes.

Im Gerätehaus kniet Schuster vor Daryas Kleidung, die voller Laub und Dreck in der Ecke liegt.

„Das ist noch nicht alles! Schau dir das mal an!"

Köhler hält dem Kollegen zwei Plastiktüten vor die Augen, in denen sich eine Giftspritze, die SIM-Karte und der Akku von Daryas Handy befinden.

Während die Polizisten im Hause herumlaufen und alles genau inspizieren, sitzt Julius, die Ellbogen auf den Oberschenkeln, den Kopf zwischen den Händen,

auf dem Sofa.

„Herr Langhorst! Kann Ihre Tochter heute bei Frau Latschen übernachten?"

„Warum?", murmelt Julius erschöpft, ohne Schuster anzublicken.

„Sie müssen mit uns mitkommen!"

Die Arme sacken Julius weg und mit offenem Mund blickt er zu Schuster auf.

„Was?!"

10

Nicht nur die strengen Blicke von Schuster und Köhler, sondern auch die akkurat weißen Wände und der große Spiegel, der Julius blendet, machen die unangenehme Situation für ihn unerträglich.

Beide Kommissare warten auf ihn, damit er Platz nimmt.

„Herr Langhorst, setzen Sie sich doch!"

Julius steht mit seiner großen Gestalt verwirrt mitten im Raum. Seine Locken fallen ihm ins Gesicht, er schluckt angestrengt und kann nicht begreifen, warum er hier ist. Um seine Wut zu beherrschen, presst er die Finger seiner am Rücken gefesselten Hände ineinander.

„Was tun Sie mir an?", flüstert er und lässt den Kopf auf die Brust fallen.

Mit einem Nicken bedeutet Schuster dem Kollegen, Julius die Handschellen abzunehmen.

„Es tut uns leid, Herr Langhorst. Das wollten wir nicht. Sie haben uns gezwungen!"

Julius drückt die Flächen seiner befreiten Hände fest auf die roten, erschöpften Augen und lässt die Arme kraftlos fallen. Die Wut in seinen Augen ist grenzenlos.

„Was wollen Sie denn von mir? Mein Kind braucht mich!"

Seine erweiterten Pupillen zeigen deutlich, dass er seine blau-gelbe Tablette braucht und nicht das Baby ihn.

„Lassen Sie mich gehen!"

Eine unheimliche Ruhe klingt in seiner Stimme. Oder ist das nur die Kraftlosigkeit des von den Drogen leeren Blutes?

„Genau das wollen wir auch! Dass Sie schnell bei Ihrem Kind sind! Also setzen Sie sich!"

„Ist es hier immer so hell?"

Er lässt sich träge auf den Stuhl vor Schuster und Köhler sinken und bettet sein Gesicht auf den Unterarm, der auf dem Tisch liegt.

„Herr Langhorst, Sie können auch gerne nur zuhören. Erst wenn Sie einen Rechtsanwalt ..."

Julius reibt die Stirn an seinen Unterarm und stöhnt leise.

Schuster wendet sich leise an Köhler.

„Yann, kannst du bitte Herrn Langhorst ein Glas Wasser ..."

„Scheiße!"

Julius schlägt beide Handflächen auf den Tisch, so dass Köhler zusammenfährt. Schuster scheint unbeeindruckt. Er zieht eine Zigarette aus der Brusttasche und gibt Julius Zeit, sich zu beruhigen. Julius' Zustand verraten die pochenden Gefäße seiner Schläfe.

„Ich brauche keinen Anwalt, wenn überhaupt, dann nur, um Sie beide zu verklagen!"

Er tippt mit dem Zeigefinger in Richtung der beiden Kommissare. Sein Kopf wackelt haltlos auf seinem langen Hals. Schuster bewegt sich mit hochgezogenen Augenbrauen einmal auf dem Stuhl und klopft mit dem Ende seiner Zigarette auf den Tisch.

„Herr Langhorst. Wir wollen Ihnen helfen", sagt er so entschlossen, dass ein Eindruck von Mitgefühl gar nicht erst aufkommt.

Das Wort „helfen" provoziert Julius. Er presst die Lippen zusammen, um nicht wieder laut zu werden.

„Wirklich? Danke, dass Sie mich vor den ganzen Nachbarn mit Handschellen aus meiner Wohnung geführt haben!"

Schuster legt die Finger um sein Kinn und schließt für eine Weile die Augen. Dann räuspert er sich, drückt den Rücken durch und legt die rechte Handfläche auf den Tisch.

„Herr Langhorst. Sie sind hier, weil wir in Ihrem Gerätehaus die Kleidung Ihrer Frau gefunden haben, voller Matsch und Laub. Auch die SIM-Karte, den Akku ihres Handys und eine weitere Giftspritze, wie die, mit der Ihre Frau umgebracht wurde und die neben der Leiche Ihrer Frau im Wald lag."

„Was?"

Julius' gesamte Gesichtsmuskulatur zuckt.

„Ist das ein Scherz?"

Sein Blick prallt kurz auf den Köhlers und wandert zu Schuster zurück.

„Giftspritze?" Er hebt beide Hände in die Luft, als wollte er vor so viel Unsinn kapitulieren, und schüttelt den Kopf.

„Was ist denn eine Giftspritze, verdammt noch mal?"

Er will lachen, aber seine trockenen Lippen erlauben es nicht.

„Wollen Sie uns nicht endlich die Wahrheit erzählen?", fragt Köhler.

Julius sitzt teilnahmslos da und starrt den Tisch an. Der Schock lähmt seine Zunge und sein Begriffsvermögen.

Sein Gesicht hat innerhalb weniger Tage so viel Unterhautfettgewebe verloren, dass es blass und eingefallen ist. Im blauen Licht des Verhörraums sieht er krank aus.

Seufzend will Schuster ihn mit einer umformulierten Frage zum Sprechen bringen: „Erzählen Sie uns einfach, was Sie Freitagnachmittag gemacht haben."

Julius löst die Handfläche von seiner Stirn, legt den Kopf in den Nacken und holt tief Luft, um sich ein wenig zu entspannen.

„Kann ich bitte eine Zigarette haben?", flüstert er, die Schläfen massierend.

„Klar!"

Mit zitternder Hand hält Julius die von Schuster hingeschobene Zigarette zwischen seinen Lippen fest.

Beim ersten tiefen Lungenzug verzerrt sich sein Gesicht zu einer schmerzhaften Grimasse.

„Der schreckliche Tod ihrer Eltern durch den Autounfall war natürlich für uns beide ein Schock, aber in den letzten Monaten war Darya öfter schlecht gelaunt. Depressiv kann ich das nicht nennen. Jede Frau nach der Geburt verhält sich etwas seltsam. Vor allem, da Shilas Geburt sehr kompliziert war! Sie kam durch Kaiserschnitt zur Welt."

Sein Blick wandert von Schuster zum Tisch. Mit der einen Hand führt er pausenlos die Zigarette zum Mund, mit der anderen reibt er seinen Nacken. Die lange Stille versucht Schuster vorsichtig zu brechen.

„Waren Sie von ihrer ständigen schlechten Laune überfordert?"

Immer noch seinen Nacken reibend wirft Julius mit den

Augen seines mageren Gesichtes einen bitteren Blick auf Schuster.

„Ich habe sie tausendmal gefragt, wie ich ihr helfen könne, aber von ihrer Seite kam immer dieselbe Antwort. Es geht mir gut! Mach dir um mich keine Sorgen. Bis zu jenem Freitagabend …"

Schuster seufzt und rollt mit den Augen. Er kreuzt die Arme vor der Brust und lehnt sich in seinem Stuhl weit zurück.

Julius, seinerseits genervt, versucht die eindeutige Körpersprache des Kommissars zu ignorieren.

„Ob Sie es glauben oder nicht, sie war Freitag, Samstag und Sonn-"

„Ja! Das haben wir hundertmal von Ihnen gehört! Erzählen Sie weiter!", unterbricht ihn Schuster ungehalten.

Julius beißt die Zähne zusammen und fährt dann beherrscht fort: „Sie war anders in diesen drei Tagen. Hört sich vielleicht lächerlich an, aber nach sechs Jahren Beziehung und drei Jahren Ehe, war es das erste Mal, dass ich sie so geschminkt sah. Sie sprach Englisch mit mir … Am Samstag gegen vier Uhr stand ich auf, um auf die Toilette zu gehen und ich sah Darya, wie sie in der Dunkelheit … "

Er unterbricht sich, unsicher, wie er die abwegige Situation beschreiben könnte, ohne selbst als irre dazustehen. Er senkt seinen Ton und schaut den beiden Kommissaren groß an.

„Sie roch in der Dunkelheit an den Wänden …" Dabei nickt er und feuchtet mit der Zunge die trockene Unterlippe an.

Schuster sitzt noch mit verschränkten Armen vor ihm und schiebt nun angesichts dessen, was er gerade gehört hat, unwillkürlich den Kopf nach vorne.

Julius liest aus dieser Haltung ein großes Fragezeichen und nickt sofort.

„Ja, sie roch an den Wänden ... in der Dunkelheit", lacht er ohne Mimik kurz auf.

Schuster kratzt sich über die Stirn und schaut auf Yann, der einen nicht weniger verwirrten Eindruck macht.

Seufzend stützt Julius seine Ellbogen auf den Tisch und legt seine Stirn in die Handflächen. Dann hebt er kurz den Kopf und begegnet Schusters prüfendem Blick.

„Herr Langhorst, wenn Sie wollen, können wir eine Pause machen."

Julius hält das Gesicht in den Händen verborgen.

Die Stimmung wird bedrückend, keiner will die Stille brechen.

Entweder erscheint Julius' Äußerung den zwei Kommissaren dermaßen absurd, dass sie sich in Gedanken jetzt nur damit beschäftigen, wie sie am besten, ohne Julius zu beschämen, das Thema wechseln und einen Übergang zur nächsten Frage finden. Oder ihr tiefes Schweigen ist nur eine Pause für Julius, damit er, falls er partout Lügen auftischen will, sich glaubhaftere einfallen lässt als die, die gerade den Verstand der Kommissare beleidigt hat.

Köhler macht sich endlich mit einem Räuspern bemerkbar, löst seinen Rücken von der Stuhllehne, schiebt die Ellbogen auf dem Tisch nach vorne und rückt Julius näher.

„Wie haben Sie sich kennengelernt?"

„O bitte! Im Moment bin ich überhaupt nicht in der Lage, davon zu erzählen", sagt Julius seufzend.

Die Äußerung erhöht Köhlers Anspannung.

„Bitte, Herr Langhorst! Offensichtlich ist Ihnen gar nicht bewusst, in welche dämliche Situation Sie geraten sind! Falls Sie kooperieren, jedes kleine Detail kann uns einen Schritt weiterbringen. Ihre Frau wurde am Freitag umgebracht, aber Sie haben sie zum letzten Mal am Sonntag gesehen. Ihre matschigen Klamotten und eine weitere Spritze von der Art, mit der Sie umgebracht wurde, haben wir in Ihrer Wohnung gefunden! Wissen Sie, was das alles für Sie bedeutet?"

Julius ist mit diesen Vorhaltungen sichtlich überfordert. Vorgebeugt reibt er zwei-, dreimal von oben nach unten die Handflächen über sein Gesicht und murmelt einen Fluch. Dann wirft er sich zurück in den Stuhl.

„Hören Sie mit dem Schwachsinn auf! Ich habe meine Frau nicht umgebracht! Hätte ich das gemacht, wäre ich so dumm, Beweise in meiner Wohnung rumliegen zu lassen? Jemand spielt hier ein Spielchen!"

Die Kommissare tauschen Blicke und Schuster legt eine Videokassette auf den Tisch.

„Warum haben Sie versucht, diese Kassette während der Durchsuchung Ihrer Wohnung vor meinen Männern zu verstecken?", erkundigt er sich in klarer und ernster Artikulation.

„Der Inhalt ist für mich nicht angenehm!"

Julius vermeidet es, den anderen anzuschauen, während er einen tiefen Lungenzug macht.

„Wie ist sie in Ihre Hände gekommen? Was ist die Geschichte dahinter?"

„Es gibt keine Geschichte dahinter! Samstagmorgen früh hat mich das Stöhnen einer Frau geweckt. Ich bin ins Wohnzimmer gegangen und habe da Darya gesehen. Sie saß auf dem Sofa und das Video lief!"

„Herr Langhorst, ich weiß nicht, wo Sie mit diesem Spiel hinmöchten und wann Sie damit aufhören wollen! Aber ich sage es Ihnen nochmal: Ihre Frau wurde Freitagnachmittag, 18. September zwischen 17 Uhr und 17:30 Uhr umgebracht! Wen haben Sie Freitagabend, Samstag und Sonntag gesehen? Ihren Geist?"

Seufzend, mit wutfunkelnden Augen krallt Julius seine Finger in die Tischkante.

„Meine Frau war Freitagabend, Samstag und Sonntagmorgen noch da!", flüstert er mit bitterer Betonung jedes Wortes, die keinen Widerspruch dulden, und schaut Schuster dabei von unten an.

Beide Kommissare beißen sich synchron auf die Unterlippe und tauschen hilflose Blicke. Köhler ergreift die Initiative.

„Herr Langhorst, Ihre Frau ist mit einer Giftspritze umgebracht worden. Die fanden wir neben der Leiche und eine andere in Ihrem Gerätehaus. Hergestellt in Pakistan. Sie sind vor fünf Monaten gemeinsam mit Ihrer Frau nach Afghanistan gereist!"

Mit seitlich geneigtem Kopf starrt Julius sein Gegenüber an.

„Was wollen Sie denn damit sagen? Dass ich die Spritze

in Kabul gekauft, nach Deutschland gebracht und hier damit meine Frau umgebracht habe?"

Er lacht spöttisch auf.

„Sind Sie wahnsinnig?" Vom Stuhl aufspringend haut er die Fäuste auf den Tisch.

„Beruhigen Sie sich bitte! Wir haben in Ihrer Wohnung auch starke Psychopharmaka gefunden. Ihre psychiatrische Behandlung wurde vor ungefähr einem Jahr abgeschlossen. Die Tabletten sind auch in Pakistan hergestellt worden und die haben Sie bestimmt in Kabul gekauft! Die Spritze und die Tabletten durch die Flughäfen nach Deutschland zu bringen ist auch ein Vergehen, abgesehen davon, wie Sie es überhaupt geschafft haben!"

„Tabletten ja schon, gebe ich zu. Aber bedenken Sie, wer ich bin!"

Köhler hat seine Handfläche um das Kinn gelegt und tauscht aus dem Augenwinkel einen bedeutungsvollen Blick mit Schuster, der die Arme vor der Brust gekreuzt hat und den Blick schmunzelnd zu Boden senkt. Julius reckt den Kopf und beachtet die beiden nicht.

„In der Geschichte der Universität Hamburg bin ich der jüngste Professor, mit diversen Auszeichnungen und noch dazu Kandidat für die Präsidentschaft."

Mit einem geräuschvollen Ausatmen fährt Schuster ihm in die Parade, wobei er genervt mit gerötetem Gesicht seinen Seitenscheitel ordnet.

„Ja. Herr Langhorst, das ist uns klar."

„Nee, nee, nee … jetzt lassen Sie mich mal ausreden."

Schusters höhnischen Blick ignorierend fährt Langhorst fort.

„Ich bin Hochschullehrer einer der größten Universitäten in Deutschland! Ich will mir doch von einem halbgebildeten Psychodoktor, der von nichts irgendeine Ahnung hat und mit seinen übereinandergeschlagenen Spaghettibeinen hinter seinem Schreibtisch sitzt und mich dauernd angrinst, von dem will ich mir doch nichts erzählen lassen!"

Köhler, die Faust am Mund, versucht, nicht in Lachen auszubrechen. Langhorsts ernstes Gesicht zwingt ihn, sich zusammenzureißen.

„Deswegen habe ich auf weitere Behandlungen in Deutschland verzichtet. Aber die Tabletten, die rezeptpflichtig sind, brauchte ich noch. Bei unserer Reise nach Kabul habe ich die Beruhigungstabletten gekauft."

Thomas unterbricht Julius genervt und abrupt.

„Sie reden so, als ob wir hier von Aspirin sprechen!"

Julius wendet den Kopf von ihm weg und schüttelt ihn fluchend.

Thomas stellt eine durchsichtige Tüte auf den Tisch.

Grinsend nimmt Julius einen Lungenzug. Er schaut Schuster mit verengten Lidern an und zuckt mit den Schultern, während der Rauch aus seinem Mund hervorsprudelt.

„Tja ... Und warum haben Ihre Kollegen meine Medikamente eingetütet?"

„Medikamente?!"

Für eine Weile schaut Schuster Julius still und ernst in die Augen. Dann tritt er mit verschränkten Armen näher an den Tisch heran. Er blickt auf die bunten Tabletten in der Tüte und zieht die Augenbrauen hoch.

„Valium und diese andere kleine gelbe …"

Er lehnt sich weit zurück in den Stuhl und schaut Julius fragend an.

„Bromo-DragonFLY heißen die, oder?"

Julius hellblaue Augen starren ihn schweigend an. Thomas fährt fort.

„Strafbar und stark halluzinogen!", verkündet er wie ein Gutachter, mit der Betonung auf dem letzten Wort.

In der abrupten Stille bohrt Julius seinen Blick in Thomas' Augen. Er kann an dessen starrem Blick, den Schweißperlen auf seiner hohen Stirn und den pochenden Schläfen sehen, wie unangenehm ihm dieser Blick langsam wird.

„Meine Frau … Die Frau in meinem Haus am Freitag, Samstag und Sonntag war keine Halluzination …"

Er redet ruhig und klopft mit dem Zeigefinger rhythmisch bei jedem Wort auf den Tisch.

„Das hier, dass ich in diesem Gebäude, in diesem Raum sitze und mir alles Mögliche unterstellt wird, das ist eine Halluzination! Ich habe Darya geliebt! Nie in meinem Leben habe ich eine Millisekunde daran gedacht, ihr wehzutun …"

„Schlagen aber doch! Das zählt ihrer Meinung nach nicht dazu, jemandem wehzutun?", unterbrach ihn Köhler empört.

„Das war nur einmal!", flüstert Julius kleinlaut und nimmt zitternd einen tiefen Lungenzug aus der Zigarette.

„Ja, nur einmal, dass sie Sie angezeigt hat! Wie oft Sie sie sonst geschlagen haben, ist uns aber unklar!"

Köhler zieht die Augenbrauen hoch.

„Ich hatte nicht die Absicht, ihr wehzutun! Außerdem, jeder macht doch mal Fehler!"

Unter dem strengen Blick des Kollegen reißt sich Köhler, der empört aufgesprungen war, wieder zusammen.

„Herr Langhorst! Ihre Frau wollte sich scheiden lassen! Pausenlos auf sie einzuschreien, im Garten, war Ihre Reaktion darauf!"

„Diese elende Hexe, Kathrin, hat es Ihnen erzählt, oder?"

Schuster sagt nichts. Mitleidig den Kopf schüttelnd fährt Julius fort.

„Die Scheidungsidee kam auch von dieser lebensfeindlichen Feministin! Die soll sich verdammt noch mal um ihr eigenes Leben kümmern! Um ihren sechzehnjährigen Sohn, der wegen seiner zwei Mütter jeden Tag in der Schule fertiggemacht wird."

Schmunzelnd durchkämmt Julius seine Haare mit den beiden Fingern, die er nicht für seine Zigarette braucht.

„Hey … ich meine, welche vernünftige Frau lässt sich von einer anderen Frau fic-"

„Hey, hey, hey! Herr Langhorst, bleiben Sie mal beim Thema und vergessen Sie nicht, dass sie gerade auf Ihr Kind aufpasst!"

„Ja! Dank Ihnen!", schniefend wirft Julius die Zigarettenkippe in den Aschenbecher und schaut den Kommissar mit seinen Augen unvermittelt an.

„Ich hatte und habe meine Frau geliebt, ob Sie es glauben oder nicht! Ihren Mord können Sie mir nicht in die Schuhe schieben! Machen Sie ihren verdammten Job und finden Sie heraus, wie sie Freitag tot sein kann, obwohl ich sie zuletzt noch Sonntag gesehen habe! Dieses Rätsel können Sie nicht lösen, aber eine Reise, ein paar Tabletten und zwei Spritzen können Sie geschickt miteinander verbinden, um sich selbst einzureden, dass Sie ihren Job perfekt gemacht haben, um sich erleichtert zu fühlen, einen weiteren Fall erfolgreich abgeschlossen zu haben, und dass Sie ihren Lohn verdienen! Meine Frau war Sonntag noch da! Bei mir, in meiner Wohnung, bei meinem Kind …", keuchend schlägt er die Handflächen auf den Tisch.

Schuster würdigt Julius keines Blickes mehr, schnaufend verlässt er zügig den Verhörraum.

11

„Ich kann es nicht glauben, was für ein Scheißfall ist das denn?", murmelt Schuster, während er zornig die noch nicht angezündete Zigarette von seinen Lippen nimmt und in die Brusttasche zurücksteckt.

„Lisa Schumacher wartet auf euch im Raum vier!", ruft ein Polizeibeamter den beiden zu.

Köhler, konstant mit seinen durch ständiges Reiben geröteten Augen blinzelnd, läuft zum Schreibtisch, um seinen Kaffee zu holen, und gesellt sich wieder zu Schuster.

„Bah!", spuckt er den Schluck kalt gewordenen Kaffee zurück in den Becher, bevor sie gemeinsam den Verhörraum betreten.

Lisa Schumacher sitzt mit roten, feuchten Augen am Tisch und drückt ein Taschentuch an die Nase.

„Guten Tag, Frau Schumacher, Thomas Schuster mein Name. Und Kommissar Yann Köhler, mein Kollege."

„Guten Tag!" Schniefend versucht Lisa ein Lächeln zustande zu bringen, erhebt sich halb vom Stuhl und schüttelt den beiden die Hand.

„Mein Kollege hat Ihnen erklärt, warum Sie hier sind?" Mit dem Blick auf Köhler setzt er sich ihr gegenüber an den Tisch.

„Ja ... ja ..."

Sie schüttelt den Kopf und presst die Lippen aufeinander, um nicht mehr zu weinen.

„Es tut mir sehr leid. Waren Sie eng befreundet?"

„Sehr! Wir haben dieselbe Schule besucht, dasselbe

Fach studiert. Nach dem schockierenden Tod ihrer Stiefeltern wurden wir enge Freunde!"

„Hatte sie noch Verwandte?"

„Eine Großmutter, die an einem Hirntumor in Afghanistan starb."

Sie weint und ihr ständiges Schluchzen verursacht ein Schweigen im Raum.

„Geschwister? Cousinen?", fragte Schuster behutsam.

„Soweit ich weiß, keine."

„Wann haben Sie sich zuletzt gesehen?", mischt Köhler sich vorsichtig ein, den Kaffee im Mund noch nachschmeckend.

„Wir haben uns immer sonntags getroffen und in der Woche zwischendurch nach der Arbeit auch! Donnerstag haben wir noch miteinander telefoniert. Sie erzählte, dass sie sich mit Julius gestritten habe. Freitagabend habe ich sie noch mehrmals angerufen, aber ihr Handy war aus. Ich habe mir gedacht, sie sei vielleicht traurig oder hätte schon wieder Ärger mit Julius und deswegen keine Lust, mit mir zu reden. Auf meine Nachrichten hat sie auch nicht geantwortet! Oh, Gott! Ich war so dumm! Ich hätte nicht nach Dubai fliegen dürfen!"

Schluchzend öffnet sie ihre Tasche und holt eine Packung Taschentücher heraus.

„Hatten die beiden öfter Streit?"

„Ich will mit meiner Aussage niemanden in Schwierigkeiten bringen!"

Schuster räuspert sich und klärt seine Stimme.

„Vor fünf Wochen hat Darya Langhorst um drei Uhr

morgens eine Anzeige gegen Herrn Julius Langhorst gestellt wegen Körperverletzung. Sie waren Zeugin?"

„Ja! Ich habe mich unnötig eingemischt, was ich sehr bedauere. Ich habe selbst einen Freund. Wir streiten uns auch und nach höchstens zwei Tagen ist alles wieder okay!"

Als ob Schuster ihre Aussage gar nicht gehört hätte, formuliert er seine Frage um.

„Herr Langhorst hat seine Frau teilweise schwer verletzt!"

Während alle drei schweigen, bleibt Lisas unsicherer Blick auf Schusters ernstes Gesicht gerichtet und auf seine hellgrünen Augen hinter den runden Brillengläsern.

„Was ist an jenem Morgen passiert, Frau Schumacher?"

„Wir haben zu viert gefeiert. Ich, Darya, Julius und Patrick, mein Freund. Es ging Patricks Mutter schlecht, er musste nach Hamburg und ich wollte nicht alleine nach Hause. Deswegen habe ich bei Darya und Julius übernachtet. Mitten in der Nacht habe ich Shila weinen gehört und Julius schreien. Ich bin in den Flur gerannt, da sah ich, wie Darya und Julius sich stritten ..."

„Was war der Grund für den Streit?"

„Wie gesagt, ich möchte mit meinen Aussagen niemanden unnötig in Schwierigkeiten bringen!"

Schusters volles Gesicht läuft rot an, und als ob er gleich einen Herzinfarkt bekommen würde, fängt er an, sich mit geschlossenen Augen an der linken Schulter zu reiben.

„Falls sie Herrn Langhorst meinen. Sie bringen ihn nicht in Schwierigkeiten! Sie helfen nur, diesen Fall zu lösen! Erzählen Sie bitte alles, was an jenem Morgen passiert ist."

Einen Moment bleibt Lisas starrer Blick aus ihren roten Augen an Schuster hängen, dann fährt sie fort: „Darya erzählte mir manchmal, dass Julius gewalttätig sei, aber ich habe mir immer gedacht, dass sie übertreibt. Bis zu jenem Morgen, als ich es mit meinen eigenen Augen gesehen habe! Darya sagte wiederholt, dass sie nicht mehr mit ihm weiterleben und sich scheiden lassen wolle! Julius war außer sich, er griff nach der Vase auf dem Tisch und ich glaube, er wollte sie gegen die Wand werfen, aber Darya hat sie an die rechte Gesichtshälfte bekommen … Ihr Mundwinkel platzte auf …"

„Hatte sie eine Narbe deswegen?", unterbrach sie Köhler.

„Ich glaube schon … Ich weiß es nicht. Sie hat dann zwei Wochen Urlaub genommen und wollte sich auch mit mir nicht treffen. Später ist mir nichts aufgefallen."

„Was erzählte Frau Langhorst Ihnen noch von ihrem Mann?"

„Daryas ungeplante Schwangerschaft kam für beide sehr überraschend! Julius wollte ja nicht Vater werden und Darya bestand darauf, das Baby zu behalten. Sie wissen es bestimmt schon selbst, dass Julius sich bei einem Psychologen regelmäßig behandeln ließ. Wenn ich mich nicht irre, für ungefähr ein Jahr. Darya meinte, solange er Medikamente nahm, war alles super, aber ohne Medikamente konnte sie nicht mal mit ihm normal reden! Sie war überfordert und machte sich große Sorgen um Julius' Gesundheit."

Kommissar Schuster holt einen Zettel aus seiner Brusttasche, entfaltet ihn, legt ihn vor sich auf den Tisch und liest daraus vor: „Frau Langhorst wurde in Pakistan von einem afghanischen Paar, die ferne Verwandte ihrer Großmutter waren und eigentlich in Deutschland lebten, adoptiert. Sie wuchs in Deutschland auf und ist, außer einmal in Pakistan, bis vor fünf Monaten, also Mai, nie in Afghanistan gewesen. Was war der Grund ihrer Reise?"

„Kein besonderer Grund. Sie sagte, sie möchte nur ihre Heimat besuchen und Julius Kabul zeigen."

„Wie hat sich Herr Langhorst Ihnen gegenüber verhalten?", erkundigt sich Köhler.

„Julius ist ein großartiger Mensch. Ich sage immer zu Patrick, dass er ihn als Vorbild nehmen soll. Sowohl beruflich als auch vom Charakter her. Jeder Mensch hat im Leben eine Phase, wo er auf einen Psychologen angewiesen ist. Es ist doch kein Grund, jemanden als krank zu bezeichnen. Man braucht manchmal nur jemanden, der einem zuhört, ohne unterbrochen zu werden, der keine Vorurteile hat. Sich einfach mal mit einem Fremden zu unterhalten und zu wissen, dass man ihn nie im Leben wiedersehen wird, hilft manchmal, sich innerlich erleichtert zu fühlen. Julius war ein guter Ehemann für Darya und ist ein guter Vater für Shila."

Als sie Shilas Namen erwähnt, bricht sie unvermittelt in Tränen aus.

„Was wird jetzt aus Shila?" Schluchzend lässt sie ihren Kopf auf den Tisch sinken.

12

Den Bildschirm des Monitors anstarrend, das übergeschlagene Bein auf und ab wippend spielt Schuster mit den Tasten der Tastatur, während Köhler die Bilder von Darya Langhorsts Leichnam am Tatort eins nach dem anderen genau unter die Lupe nimmt.

„Ich sehe keine Narbe auf diesen Bildern! Verdammt nochmal!"

„Mann, Yann! Ihr Gesicht wurde mehrmals gegen einen Stein geschlagen und du suchst zwischen diesen ganzen Verletzungen nach einer kleinen Narbe an den Lippen? Geht's noch?"

„Fuck!", schmeißt Köhler die Bilder auf den Tisch und fährt sich mit den Fingerspitzen durch das krause blonde Haar.

Dieses Mal landet Schusters Faust auf den Tasten: „Genau bei solchen absurden Fällen frage ich mich, warum das Wahrheitsserum beim Verhören verboten sein sollte!"

„Funktioniert das überhaupt? Ich dachte es sei nur ein Mythos."

Die Lippen beißend, ignoriert Schuster Köhler.

„Langhorst lügt! Und darin zeigt er kein bisschen Talent!"

„Da kann ich dir aber nicht zustimmen! Der hat den Lügendetektortest bestanden!"

Schuster schweigt mit hängendem Kopf. Eine Strähne seines Seitenscheitels bedeckt ihm das rote Gesicht. Er atmet schwer.

„Ich bin mir hundert Prozent sicher, dass Langhorst sie nicht umgebracht hat. Der arme Mann sagt die Wahrheit."

Schuster grinst spöttisch: „Ja! Der hat Freitag, Samstag und Sonntag mit einem Geist verbracht! Der Mann ist ein paranoider Psycho! Gewalttätig! Stell mal dir vor, du bist wie er ein Psycho und findest noch eine Kassette mit so einem Inhalt; ein Video von deiner Frau, der Frau deiner Träume, die dir ‚Ja' gesagt hat, die ein Kind von dir hat, wie sie sich mit einem anderen Mann vergnügt! Wir gesunden Menschen reagieren darauf schon heftig, und wie erst so ein gewalttätiges Arschloch, der eine dicke Akte beim Psychologen hat, reagiert, ist ja wohl klar! Er hat alles super geregelt. Er hat Darya dazu überredet, dass sie ihm ihre Heimat zeigt! Dort hat er die Spritzen gekauft! Und ..."

Köhler schlägt mit der Faust auf den Tisch, geht zu Schuster, fasst die beiden Armlehnen von dessen Stuhl und dreht ihn zu sich hin: „Und hat damit hier in Deutschland seine Frau umgebracht?"

Sein Blick sucht Schusters Blick und verlangt nach einer Antwort. Schuster schaut aus dem Augenwinkel auf den Boden und fährt sich mit der Hand über den verschwitzten Nacken. Köhler will seine ganze Aufmerksamkeit. Die beiden Armlehnen umfassend, schüttelt er einmal den Stuhl.

„Warum hat er, während er die Tat begeht, Handschuhe an, aber die andere Spritze fasst er mit bloßen Fingern an und lässt die dann noch mit den anderen Beweisen in seiner Wohnung rumliegen?"

Die Fassungslosigkeit lässt seine Stimme beim letzten Wort brechen.

„Der Mann ist kein Trottel! Das alles soll er präzise geplant haben, aber das Wichtigste, die Beweise, hat er dann vergessen irgendwo zu verstecken? Außerdem hätte er die Möglichkeit gehabt, als sie in Afghanistan waren, seine Frau dort umzubringen, sie hätte – sagen wir mal – einen Unfall gehabt oder was weiß ich, dann wäre die Sache erledigt gewesen!"

Schuster schiebt Köhlers Hand, mit der er seinen Stuhl festhält, zur Seite und dreht sich wieder zum Monitor, während Köhler die verstreuten Bilder auf dem Tisch anstarrt und sich auf die Lippen beißt: „Die ganze Geschichte, der wunderschönste Freitagabend seines Lebens mit seiner Frau, ist auch deiner Meinung nach erfunden?"

„Klar!", braust Schuster auf.

„Als die arme Frau tot in dem Walde lag, vergnügte sich das Arschloch mit seinen Drogen und in seinen Halluzinationen!"

In einem ernsten Ton widerspricht ihn Köhler: „Anstatt uns auf Julius' Halluzinationen zu konzentrieren, sollten wir die Autopsie wiederholen lassen!"

Köhlers Äußerung bringt Thomas außer sich.

„Zum dritten Mal? Ha? Willst du dich in diesem Revier als einen Trottel markieren?"

„Okay!"

Köhler hebt beide Hände hoch, als wollte er sich ergeben, und zuckt mit dem Schultern.

Von Schusters ständigem Hochmut genervt kehrt er zu seinem Schreibtisch zurück. Er wirft einen kurzen Blick auf den anderen, der schweigend an der Wand gegenübersitzt und den Kopf in beiden Händen hält.

„Und hast du eine Erklärung, warum keine DNA-Spuren von Langhorst am Tatort gefunden wurden?"

„Dafür habe ich keine Erklärung!", antwortet Schuster gereizt, schiebt die Brille in seine hohe Stirn und reibt sich mit den Zeigefingern die Augen.

„Aber davon gibt es doch jede Menge im Auto."

Köhler, scheinbar mit dem Betrachten der Fotos beschäftigt, unterbricht Schuster mit leiser Stimme.

„Laut Langhorst wurde das Auto von beiden benutzt. Ist es bei dir nicht auch schon mal vorgekommen, dass du das Auto deines Partners …"

„Ja, ich weiß!", unterbricht ihn Schuster. Er wendet seinen Blick von ihm ab, rückt näher an den Schreibtisch und legt grüblerisch Daumen und Zeigefinger an die Stirn.

„Ich habe keine Erklärung. Du hast keine Erklärung. Wir drehen uns nur im Kreis …", sagt er leise, dann schaut er abrupt auf Köhler.

„Irgendeine Neuigkeit von seiner Wohnung?"

„Bis jetzt nicht. Dasselbe. Daryas Blutspuren auf den Fliesen des Badezimmers und ein paar Fingerabdrücke, die noch untersucht werden."

Schuster ist mit aufgerissenen Lidern tief in Gedanken versunken und reibt mit vorgeschobenem Kinn die Schneidezähne aufeinander.

Das Klopfen an der Tür reißt seinen starren Blick von den Fotos. Eine kleine Asiatin mit einem freundlichen Lächeln taucht mit zwei Tassen Kaffee im Zimmer auf.

„Oh, Dankeschön! Das brauchte ich aber jetzt dringend!" Köhler nimmt ihr beide Tassen aus der Hand und stellt sie auf den Tisch, während das Mädchen, typisch für Asiaten, lächelnd und nickend, ohne ein Wort zu sagen, den Raum verlässt.

„Kann sie kein Deutsch? Neue Praktikantin?"

Stirnrunzelnd, die Faust gegen den Mund drückend starrt Schuster gedankenverloren auf den Rücken des Mädchens und verzichtet auf eine Antwort.

„Julius hat Darya umgebracht! Am Freitagnachmittag! Alles andere sind nur Halluzinationen durch so viele Valium-Tabletten", murmelt Schuster vor sich hin.

„Was?"

Köhler nimmt die Tasse in die Hand und macht einen Schritt auf ihn zu, um ihn besser zu verstehen.

Das Schließen der Tür bringt Schuster zu sich. Er steht energisch vor Köhler auf.

„Abgesehen von den ganzen Beweisen, die wir haben, bestätigt Lisa Schumachers Aussage das nur! Denn warum hat Darya, die doch angeblich, also wenn wir das Autopsie-Ergebnis für falsch halten und wenn Langhorst die Wahrheit sagt, so glücklich bei ihrer Familie war, Freitag, Samstag und Sonntag nicht auf Schumachers Anrufe und Nachrichten reagiert?"

Mit Zeigefinger auf Köhler gerichtet, der stumm und grüblerisch den Boden anstarrt, fährt Schuster fort.

„Weil sie am Freitagabend schon tot war! Weil ihr auseinandergebautes Handy schon im Gerätehaus des Gartens lag! Der Typ hat die Frau kaltblütig umgebracht! Warum er die Sachen da rumliegen lässt? Keine Ahnung. Er ist einfach ein drogensüchtiger Psycho. Der hat sein Bestes versucht, seine Frau zu überreden, das Kind abzutreiben. Der ist ein Mörder! Er bringt Darya um. Früher oder später wäre ihre Abwesenheit aufgefallen, daher meldet Langhorst selbst sie sei vermisst, um sich fürsorglich darzustellen. Der Arsch möchte einfach Spielchen mit uns spielen!"

Er dreht sich um und lässt sich auf den Stuhl fallen.

Köhler haut die Tasse auf den Tisch. Ein paar hochspritzende Tropfen landen auf Schusters Notizen. Er dreht mit seinem Bein Schusters Stuhl herum und stellt sich vor ihn.

„Thomas! Du weißt schon selber, wie absurd das klingt, was du da sagst."

„Alle Beweise sprechen gegen ihn. Darf ich fragen, warum du auf seiner Seite bist?"

Schuster hängt mit ausgestreckten Beinen locker im Stuhl, zieht den Stift über die Lippen und blickt zu dem Kollegen auf.

„Aber wenn er sagt, dass seine Frau Freitag, Samstag und Sonntag noch da war, lügt er nicht. Das sehe ich an seinen Augen. Wer so guckt, lügt nicht."

„Absoluter Schwachsinn! Weil du die Wahrheit in seinen Augen leuchten siehst, kann ich doch die Beweise, die gegen ihn sprechen, nicht ignorieren."

Augenrollend wirft Schuster den Stift auf den Tisch. Unter Köhlers Kopfschütteln richtet er sich auf und blättert fahrig in den Fotos vom Tatort herum, während er mit hochgezogenen Augenbrauen stotternd in Lachen ausbricht.

„Was ist denn?" Schniefend blickt Köhler über die Tasse, die er vor dem Mund hält, auf Schuster.

Der presst die Lippen zusammen und versucht, sein Lachen zu unterdrücken. Köhler kann das nicht ignorieren und wird neugierig.

„Was ist? Erzähl! Lass uns beide lachen!"

„Der Fall ist dermaßen absurd, dass er mich auf die beschissensten Motive bringt."

„Gut! Ich dachte, ich bin der Einzige, dem von diesem Fall schwindelig wird."

Schuster wirft die Bilder auf den Tisch, seufzend lehnt er sich im Stuhl ganz weit zurück, stützt den linken Ellbogen auf die Armlehne, drückt die Faust an die Wange und schaut Köhler aufmerksam zu.

„Dann schieß mal los!"

Köhler setzt sich mit einem Foto in der Hand an den Tischrand. Es zeigt, wie die Ermordete mit entstelltem Gesicht komplett nackt in einer im Wald ausgehobenen Grube zusammengekauert liegt.

„Die Freundin wirkt auf mich irgendwie seltsam."

Er löst seinen Blick vom Bild und schaut mit seitlich geneigtem Kopf auf den Kollegen.

„Sie schwärmt offensichtlich, wenn sie von Langhorst spricht. Hast du sie gehört? Ihr Freund soll sich ihn zum Vorbild nehmen!"

„Was willst du damit sagen?" Schmunzelnd nimmt Schuster einen Schluck Kaffee aus Köhlers Tasse.

„Eifersucht machte aus Darya Langhorsts bester Freundin eine Mörderin. Sie ist in Langhorst verliebt. In Dubai beauftragt sie jemanden, Darya umzubringen. Weißt du, wie viele Arbeiter aus Pakistan in Dubai arbeiten? Sich in Dubai Giftspritzen aus Pakistan zu besorgen, ist auch kein Ding der Unmöglichkeit. Der Mörder hinterlässt eine Spritze neben der Leiche und eine bei Daryas Klamotten in Gerätehaus ihrer Wohnung. Noch ein paar Krokodilstränchen von Lisa Schumachers Seite und kein Arsch kommt darauf, dass sie die Mörderin ist."

Köhler bringt das in einem Ton vor, als hätte er eine wasserdichte Dokumentation von Beweisen vorgelegt. Mit hochgezogenen Augenbrauen wirft er das Bild auf den Tisch.

„Was bin ich jetzt? Ein Genie, oder?"

„Schwachsinn! Noch abwegiger als das, was ich im Kopf habe. Mann! Gibt es in diesem Revier keinen schlaueren Kollegen für mich?"

Schuster kratzt sich mit geschlossenen Augen an der Stirn, dann schlägt er die Augen auf und zeigt mit rotem Gesicht auf Köhler.

„Du sagst, sie ist in Langhorst verliebt, aber sie schiebt ihm den Mord an seiner Frau in die Schuhe, damit er ins Gefängnis kommt? Fällt es dir schwer, deine grauen Zellen ein bisschen anzustrengen und erst danach die Zunge in Bewegung zu setzen?"

Stirnrunzelnd verengt Köhler die Augen.

„Hast du nicht gerade gesagt, dass wir uns ein bisschen über noch so abwegige Motive austauschen?" Schuster ignoriert ihn.

„Kennst du überhaupt den Freund von Lisa Schumacher?"

„Nö", gibt Köhler uninteressiert von sich.

„Patrick Rensing."

„Okay. Wer ist das?"

„Der Sohn von Ferdinand Rensing!"

Lauernd schaut Schuster den Kollegen aus dem Augenwinkel an.

„Sagt mir nichts", zuckt Köhler gleichgültig mit den Schultern.

„Ferdinand Rensing, der Frankfurter Bänker. Millionenschwer!"

„Nee!" Erstaunt blickt Köhler zu Schuster.

„Klar. Wenn hier einer jemanden aus Neid umbringen sollte, dann wäre es Darya Langhorst, die Lisa umbringt. Und außerdem, wenn ich meine grauen Zellen so anstrenge wie du deine, dann kann auch Kathrin Latschen verdächtig sein."

„Was?"

Köhlers aufgerissene Augen sagen, wie abwegig Schusters Vermutung ihm erscheint.

„Lass uns aufhören. Langsam machen wir aus diesem Drama einen Witz."

„Warum denn nicht? Eine Hardcore-Feministin, die es nicht erträgt, dass eine Frau in ihrer Nachbarschaft immer wieder von ihrem Mann unterdrückt wird. Sie bringt Darya Langhorst um, hat leichten Zugang zum Garten, versteckt ihre Klamotten und die Spritze im Gerätehaus und stellt damit Julius eine Falle. Kathrin opfert Darya, um Langhorst die härteste Lektion seines Lebens zu erteilen."

„Oh … dann haben wir es mit einem Panoptikum an Psychos um uns herum zu tun."

„Du sagst es! Die Welt ist voll davon. Manchmal verhalten wir uns, also du und ich auch, wie … komplette Idioten."

Mit großen Augen holt Schuster eine Packung Maoam aus der Schublade. Hastig packt er drei aus und stopft sie in den Mund.

„Siehst du?" Mit beiden Zeigefingern deutet er auf seinen vollen Mund.

„Ist das deiner Meinung nach normal, dass ich drei Stück von diesem künstlich süßen, klebrigen Zeug in den Mund stecke?"

„Wow! Ich möchte auch gerne eine Frau sein, die einen Millionär jagt, wie Lisa Schumacher!", sagt Köhler bedächtig, während er seinen starren Blick von Schuster abwendet.

„Mit deinem Aussehen!"

Schuster versucht, mit seinem vollen Mund nicht in Lachen auszubrechen, als Köhler ihn böse anschaut.

Schuster beachtet den anderen nicht, drückt auf die Eingabetaste und schluckt den süßen Klumpen angestrengt hinunter.

Darya Langhorsts Bild und Informationen über sie tauchen auf dem Bildschirm auf.

„Glaubst du wirklich, dass wir westliche Alleswisser die Identität eines Menschen mit seinen Gefühlen, Gedanken und Geheimnissen in dieser algorithmischen Sprache erfassen können?", flüstert Schuster, während er Daryas

Bild anstarrt und nachdenklich seine Unterlippe nach innen zieht.

Von Köhlers Seite kommt keine Antwort.

„Ich nicht!"

Schusters Blick haftet weiterhin auf Darya Langhorsts schönem Lächeln.

13

Afghanistan/1993

Der Basar ist voll und laut.

Mit meinen von den gebrannten Mandeln klebrigen Fingern halte ich die Burka meiner Mutter fest und laufe ihren großen Schritten hinterher. Mein Rücken und meine Achselhöhlen schwitzen unter der blauen Burka.

Ich streiche mit den klebrigen Handflächen über mein neues, aus lila-grünem Benares-Stoff angefertigtes Kuchi-Kleid und schaue meine Mama durch die Gitter meiner Burka an.

„Bubo djan! Ich werde aber damit schlafen. Okay?"

Ich mache mir Sorgen. Ich will dieses wunderschöne Kleid für immer und ewig anbehalten.

Mamas Blick ist auf einen Stoff gefallen, den ihr der Verkäufer sofort auf die Theke legt.

„Wie viel Meter sollen es sein, Schwester?"

„Vier Meter bitte."

Schade! Ich bin zu klein, um auf die Theke blicken zu können, aber Wow! Ich und du, wir bekommen wahrscheinlich neue Kleider.

Mama holt ihr Portmonee aus der Tasche. Ich kann meine Freude nicht zurückhalten und hüpfe, um zumindest die Farbe erkennen zu können.

„Bubo djan? Ist das für uns?"

„Ja, meine Liebe! Du …"

Ein Peitschenschlag reißt ihre Hand, die sie dem Verkäufer mit den Münzen entgegenstreckt, zurück. Die Münzen fallen herab und rollen über die Theke.

Der zweite Peitschenschlag wirft sie schreiend auf den staubigen Boden. Die Haut ihres Knöchels ist aufgerissen und das heraustropfende Blut vermischt sich mit dem Dreck auf dem Boden.

Hechelnd, mit zitternden Händen, versteckt sie hastig ihre rot lackierten Zehennägel mit der Burka.

Ein Taliban mit einer Kalaschnikow über der Schulter hebt die Peitsche hoch und schlägt ihr gegen die Hand, die die Burka über ihren Füßen festhält.

Weinend lasse ich die gebrannten Mandeln auf den Boden fallen. Meine Mama, die allerliebste Bubo djan der Welt, liegt blutend auf dem Boden.

Als ich zu ihr laufen will, halten mich die kräftigen Hände eines jungen Taliban zurück, der mich hochhebt und auf den Arm nimmt.

Der gerade noch lärmende, volle Basar wird plötzlich still. Die verängstigten Menschen zerstreuen sich.

„Warum hast du Sandalen an? Bedecke deine Füße, bedecke deine Füße!", deutet der Taliban mit seiner Peitsche auf die blutende Wunde an Bubo djans Knöchel und tritt ihr heftig in den Rücken.

Ich zucke unter der Burka, als der junge Taliban mich immer fester in seinen Armen drückt.

„Bruder! Bitte lass meine Tochter runter!", fleht Mama weinend. Die Art, wie er mich anschaut, jagt mir Angst ein.

„Sie hat doch Angst. Ich passe nur auf sie auf, bis du

deinen Nagellack entfernt hast!", knurrt er auf Paschto und leckt über seine trockenen Lippen. Der Gestank seines Atems zwingt mich, das Gesicht von ihm zu wenden.

„Ich kann kein Paschto! Bitte lass meine Tochter ..."

Der rasierklingenscharfe Rand der Peitsche zerreißt den Handrücken meiner Bubo djan, die die Hände über dem Boden hin und her bewegt und nach einem Steinchen sucht, mit dem sie sich den Nagellack abkratzen kann.

Mit einem unterdrückten leisen Schrei zieht sie hastig die Hand zurück und drückt mit der linken Handfläche auf die tief stark blutende aufgeplatzte Haut ihres rechten Handrückens.

Zitternd hebt sie den Kopf und während sie mit ihren feuchten Augen durch den Schleier den Taliban anschaut, der mich fest an sich drückt, reibt sie einen Kieselstein hektisch über ihre Zehennägel, um den Nagellack abzukratzen.

Währenddessen, ohne dass es jemandem auffällt, führt der junge Taliban langsam seine Hand unter meine Burka.

Er streichelt mich über meinen Unterschenkel, schiebt die grüne, von meiner Bubo djan heute Morgen fertiggenähte Satinhose hoch und streicht meinen Oberschenkel hinauf.

Leise wimmernd drücke ich meine klebrige Handfläche gegen die raue, ledrige Haut seiner Hand, um sie wegzuschieben. Aber er ist stark. Sehr stark.

Während ich leise schluchzend seinen Berührungen widerstehe, zucke ich jedes Mal zusammen, wenn meine Zehenspitzen in den goldenen, von meiner Bubo djan neu gekauften Sandalen etwas Hartes an seinem Unterkörper berühren.

Er kneift in meinem Handrücken und schiebt seine Handfläche höher und höher und ... und es fängt an zu brennen, es brennt und es tut weh zwischen meinen Beinen. Er zieht seinen Finger über meine Hose, wischt das Blut ab und fängt von Neuem an, mir wehzutun. Ich möchte schreien, aber ich habe Angst ...

„Lass sie runter! Sie ist fertig!", ruft der andere Taliban belustigt, während er grinsend mit einer ausholenden Bewegung die Peitsche durch die Luft sausen lässt und ihr Ende auf seine Schulter legt.

Befreit von seiner Folter, seinem geilen Blick aus den mit schwarzem Kajal verschmierten Augen, laufe ich zu meiner Bubo djan und schlinge meine Arme um ihren Hals.

14

Bubo djan und Nana unterhalten sich flüsternd. Bubo djan weint ständig und Nana ist wütend.

Ich stehe hinter der Tür und beobachte, wie Nana plötzlich anfängt, meine Bubo djan zu schlagen. Sie ist außer sich. Sie greift in ihren langen, hellbraunen Zopf und zieht sie über den Boden zum Ofen.

Ich möchte ins Zimmer laufen und meine Bubo djan aus ihren Händen befreien, aber ich habe Angst.

Ich zittere vor Kälte. Zwischen meinen Beinen fühle ich immer noch die Feuchtigkeit des Blutes. Ich hasse mein Kleid, meine Satinhose und meine Sandalen. Bluttropfen haben sie befleckt.

Nana öffnet die Tür des Ofens und steckt Bubo djans Zopf ins Feuer.

„Du Hure! Kannst nicht mal auf deine Tochter aufpassen. Du hast die Ehre meines verstorbenen Sohnes, eines Märtyrers befleckt! Du Hure!"

Hechelnd lässt sie den Kopf meiner Mama los und beginnt, sie zu bespucken und zu treten.

Während die schreiende Bubo djan mit ihrem Schal nach den Flammen in ihrem Zopf schlägt, um sie zu löschen, hört Nana nicht auf, gegen ihren Rücken zu treten und sie anzuspucken.

„Und du glaubst, dass ich alles, das vorgestern passiert ist, vergessen habe?"

Mamas rote, aufgerissene Augen, die in Tränen schwimmen, starren auf Nanas Gesicht, in dem jede Falte vom

Elend ihres bitteren Lebens erzählt und das sich langsam Bubo djans Gesicht nähert.

Seelenruhig legt Nana ihre Hand unter Bubo djans Kinn und dreht ihr Gesicht zu sich. Der kalte, entschlossene Blick ihrer hellblauen Augen, die von verschmiertem Kajal eingerahmt sind, dringt in Bubo djans hellgrüne Augen. Es fällt meiner Mama nicht schwer, ihre Gedanken zu lesen. Nana flüstert bedächtig: „Das hättest du meinem Sohn, einem Märtyrer, der sein Leben geopfert hat, um Schlampen wie dich vor dem Übergriff der Feinde zu beschützen, nicht antun dürfen. Du hast den Namen meines Märtyrer-Sohns befleckt!"

„Nana, bitte! Er will mich doch heiraten!"

Bubo djan, deren feuchtes Gesicht mit ihrem verbrannten Haar bedeckt ist, streckt Nana ihre zitternden Hände hin.

„Nana! Sag mir, was du vorhast? Ich habe dich gestern mit Älteren sprechen gesehen! Was …"

Nanas plötzlicher Schlag mit dem Handrücken gegen ihr Gesicht zerreißt ihre Worte. Ich habe Angst. Nana rennt zur Tür und ich drücke mich gegen die Wand, während sie die Tür aufreißt.

„Morgen wirst du sehen, was ich vorhabe!"

„Nana! Nana! Mach die Tür auf!", schreit Bubo djan, gegen die Tür schlagend.

Nana schließt die Tür ab und steckt den Schlüssel durch ihren Kragen in ihre Unterwäsche, bevor sie sich wütend zu mir dreht.

Ich stehe vor ihr und in meinem Brustkorb gibt es keinen Platz für diese verrückten Herzschläge. Ich habe Nana mehrmals wütend gesehen, aber nie waren ihre Augen so rot.

Der plötzliche Griff an meinen Oberarm bringt mich zum Schreien. Sie zieht mich zur dunklen Kammer, vor der ich große Angst habe. Sie reißt die Tür auf und schubst mich hinein.

„Nana, bitte schlag mich nicht!"

Ich zittere vom Kopf bis zu den Zehenspitzen. Der Blick meiner nassen Augen trifft deinen, wie du emotionslos durch den Türspalt auf mich spähst, bevor Nana die Tür heftig zuschlägt.

Ohne ein Wort zu sagen, zwischen den aufeinandergepressten Zähnen fauchend, zieht sie meine Hose herunter und stößt mich auf den Boden.

Ich weine leise, weil ich mich schäme. Ich schäme mich, wie sie meine Beine gewaltsam auseinanderspreizt und mich dazwischen anfasst.

Als ich ihre Fingerspitze in mir fühle, löst sich unwillkürlich ein lauter Schrei aus meiner Kehle. Der zweite Schrei wird durch eine Ohrfeige an der Schläfe erstickt, wo mich Nanas blutige Finger treffen.

„Du Hurentochter! Den Namen meines Sohnes habt ihr beide befleckt! Du und deine Hurenmutter!" Schimpfend kneift sie mich in den Oberschenkel.

„Warum hast du nicht auf dich aufgepasst, ha? Du Hure!"

Ich weine leise, während sie aufsteht und mir gegen den Oberschenkel tritt.

Wimmernd ziehe ich meinen Rock nach unten und weiß

nicht, was ich falsch gemacht habe und was ich jetzt tun soll.

Wütend packt sie meinen Ellbogen, reißt mich mit einem Ruck vom Boden hoch und drückt mich keifend gegen die Wand.

„Komm hier nicht raus! Du Hurentochter mit deinem aufgerissenen Loch!"

Ich habe Angst, ich zittere und ich hasse mich. Ich hasse die auf dem Boden liegende blutverschmierte grüne Satinhose und ich hasse ab jetzt mein Leben.

15

Es ist kalt. Der Boden ist gefroren.

Nana, auf dem Boden hockend, richtet mit Gewalt die Burka auf meinem Kopf und kneift mich heftig in den Oberarm, während Bubo djan in einer im Boden ausgehobenen Grube wimmert.

„Die Hure bezahlt jetzt für alles!" Sie kneift mich, dieses Mal unauffällig unter der Burka, zwischen meinen Beinen.

Ich kann nicht mehr weinen. Meine Augen sind trocken und mein Hals schmerzt.

Meine Mama schreit, als der Älteste „Allah Akbar" ruft und der erste Stein sie am Kopf trifft.

Die Menge bewegt sich näher zur Grube, zum Grab meiner Bubo djan, deren Schreie im hysterischen Gebrüll der Gerechtigkeit untergehen.

Meine Schreie werden von einem Schlag Nanas gegen meinen Mund unterdrückt.

Ich will zu meiner Bubo djan laufen, ich will mit ihr in der Grube sterben. Ich will sie nicht auch verlieren, nachdem Großvater mich verlassen hat.

Ich kann sie nicht leiden sehen. Ich kann sie nicht vor Schmerzen schreien hören.

Die Steine kommen wie Regentropfen auf sie herab. Sie kann sich nicht wehren, sich nicht einmal kurz in der kleinen schmalen Grube bewegen.

Die blaue Burka ist jetzt rot getränkt.

Männer mit Steinen in den Händen bleiben stehen, als der Älteste zu Bubo djan läuft und langsam die Burka vor ihren Augen hochhebt. Er bückt sich, nähert sein Ohr ihrem Mund an. Nach einer Weile nickt er.

„Sie will ihre Töchter sehen!"

„Ich habe nur sie mitgebracht!" Nanas Stimme schallt in der Steppe, während sie meinen Oberarm eisern umklammert und mich zur Grube schubst.

„Bring sie hierher!"

Der Älteste ist von der Grube zurückgetreten, während Nana ihren ängstlichen Blick von Bubo djan abwendet und ihre Gebete atemlos vor sich hin murmelnd, mich weiter zur Grube schiebt.

Mein Köper brennt vor Hitze.

Bubo djans schönes Gesicht ist von Blut bedeckt. Ihre zarte Haut ist an mehreren Stellen aufgeplatzt, die Nase entstellt. Ihr Blick durch die geschwollenen Augen, deren Augäpfel blutrot gefärbt sind, ist zum Himmel gerichtet. Durch ihren halb offenen Mund sehe ich von ihren makellos schönen, schneeweißen Frontzähnen kaum einen.

Ich nehme die Ecke meiner Burka und wische damit vorsichtig das Blut von ihren aufgeplatzten Lippen, das über das schöne Kinn zu ihrem langen, zarten Hals rinnt. Meine Burka ist zu klein, um dieses Unrecht, das die Erde rot färbt, wegzuwischen.

Ich gebe auf und nähere mein Gesicht dem ihren an. Das Blut an ihrer Wange färbt meine Lippen rot. Unfähig, den Kopf zu bewegen, rollt sie ihre Augäpfel und schaut mich teilnahmslos an.

Ich verliere langsam meine Bubo djan. Wimmernd nähere ich mein Ohr ihrem halb offenen Mund an. Sie stöhnt leise.

Ich habe sie schon einmal stöhnen gehört, vor ein paar Tagen, in der dunklen Kammer. Durch den Spalt der hölzernen Tür habe ich hineingespäht.

Ihre nackten Beine waren um die Hüfte des Schneiders unseres Dorfs gelegt, der seinen nackten Unterkörper vor und zurückstieß. Als ob sie Schmerzen hätten, stöhnten die beiden laut, während Bubo djan ihm in die Haare griff und hastig sein Gesicht küsste. Die nackten Körper eines Mannes und einer Frau in einem Raum. Ich hatte Angst. Mein Körper erhitzte sich Sekunde für Sekunde, mehr und mehr.

Was tun sie da?

Was tun sie da?

Was tun sie da?

Als die Frage immer wieder in meinem Kopf echote, packte mich plötzlich jemand an den Haaren und schubste mich zur Seite. Nein! Nana war da! Sie riss die Tür der Kammer auf und …

Diese Todsünde kostete unserer Bubo djan das Leben. Ich höre sie langsam stöhnen, dann wimmern. Vor Schmerzen, Abschied vom Leben.

Du bist nicht hier, um zu sehen, wie sie qualvoll für immer die Augen schließt, wie man mich von ihr wegreißt und der Älteste einen großen Stein vom Boden hochwuchtet und ihn auf das zum Himmel gerichtete Gesicht meiner Bubo djan fallen lässt.

Ja … Du brauchst nicht hier zu sein. Ich muss hier sein, um zu sehen, wo die unreinsten Menschen, die Huren, enden.

16

Ich sitze in der dunklen Kammer, durch die Spalten und Ritzen der Holztür dringen Lichtsäulen tanzenden Staubs herein. Ich betrachte mein Bild in der glatten Oberfläche des Kupfertopfes, von dem mehrere hier aufgestapelt sind.

Die Tränen in meinen Augen und an meinen Wangen sind genauso getrocknet wie Bubo djans Blut auf meinen Lippen.

Den weißen Schal wickle ich langsam ab, wodurch mein hellbraunes Haar seitlich an meinem Gesicht herabfällt.

Ich hole aus Bubo djans Handtasche, die ich zwischen ihren Sachen, die Nana verbrannt hat, gestohlen und in einem der Töpfe versteckt habe, ihren roten Lippenstift und gebe meinen Lippen, die von trockenem Blut braunrot gefärbt sind, noch mehr rote Farbe.

17

Manchmal sehe ich Nana, wie sie wimmernd auf der Fensterbank sitzt, ihren Oberkörper im Rhythmus der Stricknadel nach vorne und hinten schaukelt, und, den Blick ihrer feuchten Augen auf die gestrickte Socke heftend, flüsternd ein Lied singt. Ein Lied für ihren verstorbenen Sohn, meinen Vater, der im Bürgerkrieg starb, als ich und du ein paar Monate alt waren.

„...wenn ich nur mein Leben für dich opfern könnte, für deine schwarzen Augen und Haare, für die Schmerzen, als die Feinde deinen Kopf vom Körper trennten. Ich warte immer noch auf deinen Kopf, um ihn neben deinem Körper in dein Grab zu betten. Gut, dass du gestorben bist und deinen Namen von diesen Huren nicht befleckt siehst."

Sie wimmert bitter und ihre schlechte Laune kostet mich den ganzen Tag in der dunklen Kammer.

Alles, was ich in der Dunkelheit tun kann, ist nachzudenken. Darüber nachzudenken, warum das, was mir angetan wurde, den Namen meines Vaters beflecken soll.

Während ich in diese Gedanken versunken bin, überzieht ein höllisch brennender Schmerz meine Kopfhaut, als würde mir der Zopf vom Schädel gerissen.

Wahrscheinlich sind es die Erinnerungen an die Leiche ihres Sohnes, der ihr mit abgetrenntem Kopf vom Schlachtfeld geschickt wurde, die wieder ihre Seele verdunkeln und verbrennen. Schmerzen, die nur nachlassen, wenn sie mich prügelt.

Nana zieht mich über den Boden, während ich versuche, mein Haar aus ihren Händen zu befreien.

Ich bin sechs, zu klein, um gesteinigt zu werden, noch zu jung, um zu sterben, aber geschlagen werden muss ich doch jeden Tag.

Ich darf nicht mehr zur Moschee, um vom Mullah weiter Schreiben und lesen zu lernen. Weil Nana meint, dass es die größte Sünde sei, wenn ein unreiner Mensch wie ich den Koran berührt. Aber ganz ehrlich, ich freue mich, dass ich nicht mehr dahin muss.

Im Vergleich zu dir, die jeden Tag ganz früh aufstehen und zu Fuß die Strecke bis dahin laufen muss, bleibe ich einfach zu Hause und widme mich meiner Lieblingsbeschäftigung, in Großvaters Bücher einzutauchen.

Alles, was ich tun kann, was ich tun möchte und was ich tue, ist, stundenlang in der dunklen Kammer zu sitzen und Bücher zu lesen.

Mein aktuelles Lieblingsbuch ist „Zahak". Er ist ein unbeliebter Mensch, genauso wie ich.

Alle hassen ihn, weil er ein brutaler König ist, der gnadenlos Menschen umbringt. Diese Gemeinsamkeit zwischen ihm und mir, von allen gehasst zu werden, ist der Grund, warum ich mich in ihn verliebt habe.

Zwei, drei Hügel entfernt von den Weizenfeldern meines Großvaters, ganz oben auf einem mit roter Erde bedeckten Hügel erhebt sich die Burg von Zahak. Viele behaupten, er habe mal dort gelebt und ab und zu tauche sein Geist in der verlassenen Burg auf.

Ich stehe mitten in seiner verlassenen Burg, aber außer roter Erde sehe ich und außer Kälte spüre ich nichts. Durch die halbkreisförmigen Fenster sehe ich unser Dorf, so klein wie ein Reiskorn. Könnte ich doch meinen Zeigefinger darauflegen und das Dorf und seine Menschen zermalmen, sodass sie den nächsten Sonnenaufgang nicht mehr erleben und in der Hölle verbrennen. Heute habe ich noch einen Tag in der Hoffnung, Zahaks Geist zu sehen, vergeudet.

Ich verstecke das Buch unter meinem Kleid und öffne vorsichtig die Tür zum Flur. Ich sehe dich, wie du hastig aufspringst und zu Nana rennst, um ihr zu petzen.

Das Einzige, was ich noch in diesen fünf Sekunden, bevor sie mit dem Stock auftaucht, tun kann, ist, das Buch unter dem Filzteppich des Flurs zu verstecken.

„Hast du schon wieder Lippenstift aufgetragen? Du Hurentochter!" Schreiend läuft sie hinter mir her.

„Was machst du jeden Tag da draußen? Ha? Lässt du dich von Männern ficken? Du und dein aufgerissenes Loch! Gut, dass mein armer Sohn gestorben ist und dich, du Schande, nicht mehr sieht!"

Sie ist schneller als ich und ich bin jetzt in ihren Krallen.

„Bitte bitte Nana! Das mache ich nie wieder!"

Aber ich weiß, dass ich Mamas Rot schon morgen wieder tragen werde.

Ihre Handflächen treffen mich gnadenlos im Gesicht und verwischen den roten Lippenstift.

Unauffällig tastet meine Hand in die Tasche meines Kleides. Ja! Der Lippenstift ist noch da. Nana. Schlag mich, wie oft und wie heftig du willst. Ich werde es morgen nochmal auftragen, noch kräftiger, noch greller. Weil ich Zahaks Geist gefallen will. Ich möchte ihm begegnen. Ich möchte das schönste Mädchen sein, das er je getroffen hat.

Ich werde auch das Buch wieder mitnehmen und ihm alles, was über ihn im Buch steht, vorlesen. Ich möchte ihn fragen, warum alle Menschen vor ihm Angst haben. Warum er zwei Schlangen auf seinen Schultern trägt und warum er die Schlangen mit dem Gehirn junger Menschen füttert.

Ich denke an ihn, während Nana mich weiter ins Gesicht schlägt.

Ich befreie mich von den schweren Knochen ihrer Arme und Hände und laufe zur Kammer.

Ich sehe dich, wie du gefühllos neben dem Ofen stehst und mich weinen und laufen siehst, während du deine Hände vor das Feuer hältst, um sie zu wärmen.

Mit meinen hellgrünen Augen, die durch Nanas Schläge jetzt rot sind, wollte ich Zahaks Geist verführen.

Wenn wir uns treffen, wird er sich nicht nur nicht in mich verlieben, sondern er wird auch denken, was für eine hässliche Kreatur da vor ihm steht.

Es wäre vernünftig, wenn ich mit diesen geschwollenen, roten Augen für ein paar Tage in der dunklen Kammer bliebe und darauf verzichtete, ihn zu besuchen.

18

„Warst du schon wieder in der Burg? Wie oft soll ich es dir noch sagen, die Burg ist nicht mehr sicher! Die Wände sind nicht mehr stabil!"

Mit seinen schrundigen Fingern kämmt er zart mein langes Haar.

Ich sitze im Türrahmen der Kammer und blicke ins Wohnzimmer.

Nana, müde davon, mich zu prügeln, und du in ihren Armen, ihr schlaft in der Wärme des Ofens, dessen orangenes Licht das Zimmer erhellt.

Behutsam wischt er eine Träne von meinen Wimpern, während sein zärtlicher Blick durch die engen Schlupflider seiner Augen über meinen Mund und die verschmierten Schatten von rotem Lippenstift wandert. Sein zahnloser Mund schenkt mir sein liebevollstes Lächeln.

„Du hast die schönsten Haare und Augen der Welt und Zahak wird der glücklichste Mann der Welt sein, wenn er die Ehre hat, meine hübsche Enkeltochter als Ehefrau zu haben."

Er drückt mit seinen großen, kräftigen Händen, meine Schultern.

Aber der Großvater, meine einzige Stütze, ist vor zwei Jahren, als ich vier war, bei einem Bombenangriff auf seinen geliebten Weizenfeldern gestorben. Alles, was ich von ihm habe, ist ein Bild vor meinen Augen.

Im Türrahmen sitzend schaue ich durch die Fensterscheibe tief in die stockdunkle Nacht, deren Stille Nanas lautes

Schnarchen rhythmisch durchbricht, und falle, während mein Kopf sich langsam zur Seite neigt, in den Schlaf.

19

„Nana …"

„Was ist denn?" Sie pustet die kleinen Schnipsel deiner Fingernägel liebevoll weg und drückt einen Kuss auf deine winzigen Finger, während sie vorsichtig die Nägel mit der Schere kürzt.

„In diesem Buch steht, dass Fäzes sich vor der De-fä-ka."

„Was laberst du denn da?" Ihr Geschrei lässt dich zusammenzucken, aber gibt mir Zeit, dieses schwierige Wort im Kopf zu wiederholen, um es fließender aussprechen zu können.

„De-fä-ka-tion an einer Stelle im Körper sammelt, die wie ein Rohr aufgebaut …"

„Was laberst du denn da, habe ich gefragt? Was ist Fese?"

„Also …"

Wow! Seit langer, langer Zeit geschieht es zum ersten Mal, dass Nana sich für das, was ich sage, interessiert und mir eine Frage stellt. Ich bewege ganz schnell meinen Blick über die Fußzeilen, um eine Antwort auf ihre Frage zu finden, damit ich Nana vielleicht ein für alle Mal in meinem und ihrem Leben vor dir mit meinen Kenntnissen beeindrucken kann.

„Medizinisch sagt man zu Kot Fäzes. Steht hier in der Fußzeile!"

Uninteressiert zuckt Nana mit den Schultern und ich rede weiter.

„… dass es sich an einer Stelle des Körpers sammelt,

die durch wie Rohre aufgebaute Strukturen mit dem Mund verbunden ist", löse ich meinen zufriedenen Blick vom Buch. Breit lächelnd schaue ich sie an.

Nana nimmt ihren liebevollen Blick von deinen Fingernägeln und richtet ihn auf mich, wobei er sich auf die bitterste Art und Weise verändert.

„Damit willst du mir sagen, dass ich Kot im Mund habe?"

Ich habe zu spät reagiert, die scharfe Spitze der Schere trifft mich direkt an der weichen Stelle unter dem Ohrläppchen.

Mit einem Schmerzensschrei und blutigem Hals schleudere ich das Buch vor den Ofen und laufe zur Tür, während du da sitzen bleibst und teilnahmslos Nana beobachtest, die blitzschnell die Schaufel neben Tür ergreift und unvermittelt hinter mir steht.

Mein medizinischer Auftritt hat mich einen gebrochenen kleinen Finger und eine Narbe unter dem Ohrläppchen gekostet.

Der winzige Raum stinkt nach tierischem Öl und verursacht mir langsam Übelkeit, wovon mich der Anblick der aufgehängten Bilder an den Wänden aber ablenkt.

Ich kenne die Bilder von einem Buch, das ich vor ein paar Tagen gelesen habe.

Es sind Bilder der Planeten. Es ist faszinierend, wie blau der eine und wie rot der andere ist.

Versunken in meine Welt, die von den salzigen Tränen gereizte Haut meiner Wange kratzend deute ich plötzlich mit dem Zeigefinger der Hand, die der Knocheneinrenker nicht festhält, auf die größte, gelborangene Kugel auf einem der Bilder.

„Was ist ..."

Bevor ich meinen Satz beende und eine Antwort vom Knocheneinrenker bekomme, der ganz geduldig meinen Finger behandelt, erhalte ich einen Schlag auf den Kopf.

„Halt dein Maul!"

Nanas schwere Hand liegt immer noch auf meinem Kopf.

Mit der Faust packt sie meinen Schal und schiebt ihn, eine Strähne meines Haars dabei mitreißend, hastig nach vorne.

„Ein Mädchen redet nicht so achtlos mit lauter Stimme mit fremden Männern, du Hurentochter!"

Dabei reibt sie noch einmal ihre Faust mit meinem Schal und den Haaren dazwischen auf meinem Kopf hin und her.

Ich versuche verzweifelt, den Kloß in meinem Hals zu unterdrücken, weil ich nicht will, dass die salzige Flüssigkeit meine Wangen noch mehr reizt.

20

Afghanistan/1995

Meine Zunge klebt am Gaumen. Schlucken tut mir weh. Ich spüre in diesem kleinen, fensterlosen Raum eine kalte Feuchtigkeit, bewege meinen Blick von dem dünnen Schlauch, der aus meiner Hand hängt, über die von Schimmel bedeckten, nassen, fleckigen Wände zu dem kleinen rostigen Tisch, auf dem sich Messer, Spritzen und ein paar Instrumente, die ich nicht kenne, befinden. Das Messer und die mir unbekannten Instrumente sind blutig. Wo bin ich?

„Nein! Nein! Es war abgemacht! Die Hälfte des Geldes vor dem Eingriff und die andere Hälfte direkt danach, das heißt jetzt! Es ist aber zu wenig! Es ist nicht mal die Hälfte der Hälfte! Morgen muss ich den Schleuser bezahlen!"

Nanas Stimme höre ich. Einmal, ihren Mund ganz dicht an mein Ohr haltend, flüstert sie und einmal, als ob sie ganz weit weg über Zahaks Burg stehen würde, höre ich ihre schreienden Sätze gedämpft. Angestrengt reiße ich die Augen weit auf, sie steht die ganze Zeit an der Tür. Immer wieder hebt sie kurz den Schleier ihrer Burka hoch und späht entsetzt durch den Türspalt nach außen, dann lässt sie den Schleier wieder fallen und unterhält sich weiter mit dem Mann, dessen weiße Schürze mit Blut befleckt ist.

„Hör mir zu! Sei froh, dass ich dir so viel angeboten habe. Wir bezahlen für Nieren von Kindern weniger als für die von Erwachsenen."

Ja. Jetzt erinnere ich mich langsam. Es war doch erst vor

ein paar Minuten, dass Nana zum ersten Mal seit dem, was mir im Basar passiert ist, wieder nett zu mir war. Ich traute meinen Augen nicht. Wir fuhren mit der Rikscha zum Basar, zu einem Laden voller Kuscheltiere. Kleine niedliche, bunte, flauschige Kuscheltiere. Ich konnte meinen Ohren nicht trauen. Hat Nana wirklich gesagt: „Du kannst dir aussuchen, was du willst. Ich habe genug Geld dabei." Und zwar in dem hasserfüllten Ton, den sie immer gegen mich anschlug. Aber mir doch egal. Die Freude in mir in diesem Moment ist riesig.

Ich drücke beide Fäuste fest an meine Lippen, um den Schrei der Glückseligkeit zu dämpfen. Wie ein Vogel fange ich an zu zwitschern und hüpfe unter meiner kleinen Burka.

Verdammt nochmal, wenn ich nur dieses Gitter nicht vor den Augen hätte! Meine Güte, ich stehe mitten in einem Traum.

Qual der Wahl, und zwar für mich, die ich, seitdem mich erinnern kann, nie etwas auswählen durfte. Ich laufe zu einem knallgelben Küken mit dem rötesten Schnabel der Welt, streichle es kurz, aber nein, das gefällt mir nicht. Ziehe meine Hand zurück und laufe zu einem Berg flauschiger, schneeweißer Eisbären, von denen ich Bilder in einem der Bücher meines Großvaters gesehen habe. Als ich einen davon zu mir heranziehe, fängt mein Blick, das Schönste im Raum ein. Ein kleines, flauschiges, braunes Kätzchen mit einer roten, glänzenden Schleife um seinen Hals, das stolz den Kopf hochhält und mich mit seinen Knopfaugen anlächelt.

Der brennende Schmerz am rechten Unterbauch lässt mich zusammenzucken. Als ich die Augen wieder öffne, sehe ich das Kätzchen links von mir auf der fleckigen Matratze, die meinen nackten Rücken kratzt. Ich nehme meine Hand vom Verband und bewege meine Finger, die an den Spitzen blutig sind, mühsam zum roten Band. Die Schmerzen erlauben es mir aber nicht, das Kuscheltier anzufassen. Die Hand sinkt auf meinen Bauch. Ich habe keine Kraft.

Der Mann beugt seine große Gestalt hinab, um der mit ihrem Buckel unter der Burka zwergenklein wirkenden Nana durch das Gitter des Schleiers in die Augen schauen zu können.

„Was willst du jetzt? Zur Polizei gehen und sagen, dass du die Niere deiner siebenjährigen Enkeltochter verkauft hast, um das Geld für deine Reise nach Pakistan zusammenzukriegen? Dass wir dir den versprochenen Betrag nicht vollständig ausgezahlt haben?" In seiner Hand, von der er gerade den blutigen Handschuh abgestreift hat, flattert das Geldbündel in der Luft.

Mir ist schwindlig. Ich will mich übergeben, aber weil ich nichts im Magen habe, drückt es nur heftig und schmerzhaft.

Der Raum dehnt sich nach allen Seiten aus. Der Mann und Nana bewegen sich fern und ferner von mir. Ich sehe Nana noch, sie ist so winzig wie eine Ameise. Ihre Bewegungen werden immer langsamer. Ihr Gesicht von dem Mann wegdrehend schnappt sie das Geldbündel.

„Allah ... verbrenne ... euch ... all...e ... in ... der ... Hö...lle ..."

Jede Bewegung, jeder Ton, jeder Gestank dehnt sich mit dem Raum aus, der von Sekunde zu Sekunde weit und weiter wird. Stimmen dringen leise in mein Ohr und verschwinden irgendwo in der Dunkelheit, die mich verschluckt.

21

Die Sonne versinkt hinter den Hügeln. Die frische Brise, die mein Gesicht streichelt, macht der ausgetrockneten Haut meiner Wangen brennende Schmerzen.

Nana fasst mich sehr ungern und selten an, wenn schon, dann nur beim Baden und sie übertreibt gerne, wenn sie mich badet.

Sie will es nicht wahrhaben, dass die dunklen Punkte an meinen Wangen kein Dreck, sondern Sommersprossen sind.

Die gleichen Punkte hast du auch, aber sie geht immer liebevoller mit dir um als mit mir.

Ich verabscheue sie. Sie ist nicht mal meine Verwandte, dass sie sich erlaubt, mich so zu behandeln. Sie ist nur die zweite Frau meines lieben verstorbenen Großvaters.

Ich frage mich nur, warum der liebe Allah die Guten schneller zu sich zurückruft und die Schlechten auf der Erde zurücklässt, wo sie jeden Tag mehr und mehr Unheil anrichten. Die Antwort meiner Bubo djan auf diese Frage war: „Weil es die schönen Blumen sind, die zuerst den Blick fangen und gepflückt werden."

Ich hoffe nur, dass eines Tages Nana und die Dorfbewohner, obwohl sie hässlich im Herzen und im Äußeren sind, in Allahs Blick geraten, sterben und für immer und ewig in der Hölle brennen, weil sie mir dieses Leben zur Hölle gemacht haben.

Die Narbe an meinen Unterbauch juckt ständig.

Einmal, als ich unbewusst und minutenlang so heftig

gekratzt habe, dass die Haut abschürfte, schrie Nana, und zwar so, als ob sie nicht mich, sondern die Wände meint: „Das ist ein Zeichen dafür, dass es langsam abheilt. Hör mit dem Drama auf oder ich verpasse dir eine!"

Ich kratze einmal heftig über das Kleid und lasse seufzend meine Hand sinken. Nirgendwo in den Büchern meines Großvaters habe ich einen Text über Nieren gefunden. Was ist das überhaupt? Wie Haare vielleicht haben wir so viele davon, dass wir nichts fühlen, wenn eine davon fehlt. Ich fühle jedenfalls nichts. Außer dass ich manchmal Schmerzen am rechten Unterbauch habe und dass diese blöde Narbe ständig juckt!

Das Kätzchen hängt an seiner roten Schleife wie eine Erhängte von meiner Hand herab. Ich mag es nicht mehr. Ich drehe es einmal um meinen Kopf und schleudere es durch das halbkreisförmige Fenster der Burg Richtung Himmel. Es kreiselt ein paar Mal und landet irgendwo zwischen den roten Felsen.

Ich bin alleine. Sogar du hältst Abstand von mir. Ich habe die gleichen Augen wie du, aber warum höre ich immer von Nana „Schau mich mit deinen großen, wie die Fotze deiner Mutter aufgerissenen, Augen nicht so an!"

Dabei hält sie, wenn sie das Wort „Fotze" leise ausspricht, deine Ohren mit ihren Händen zu.

„Fotze" ist bestimmt kein gutes Wort, so schlecht, dass du es nicht lernen musst, aber ich schon.

Ich habe die gleiche Stimme wie du, aber warum bekomme ich, wenn ich anfange zu reden, mit Nanas Handrücken einen Schlag auf den Mund?

Ich bin genauso intelligent wie du. Aber warum werde ich sofort unterbrochen und soll den Rest des Tages in der dunklen Kammer verbringen, wenn ich mich zu etwas äußere?

Wir sind Geschwister, aber warum schauen mich die Dorfbewohner anders an, als sie dich anschauen?

Die Fragen in meinem Kopf werden von Tag zu Tag mehr, ohne dass ich von diesen Menschen mit ihren bösen, hasserfüllten Blicken, die mein Selbstbewusstsein schon längst getötet haben, eine Antwort erhalte.

Keiner mag mich.

Ich bin mir sicher, wären Großvater und Bubo djan noch am Leben, würden sie sich auch meinetwegen schämen und Abstand von mir halten.

Wie sehr ich die beiden vermisse.

Die beiden und mein schönes Ich. Ein schönes Mädchen mit hüftlangem Haar.

Vor drei Tagen packte Nana eine große Strähne in die Hand und schnitt sie grob ab.

So soll sich für mich das Haare waschen auf jede zweite Woche reduzieren, um Wasser, Holz und Mühe zu sparen.

Unter dem grellen Sonnenlicht kämmt sie immer deine hüftlange frisch gewaschene volle Pracht zurecht, streichelt es und flüstert das Wort Seide für sich lächelnd hin.

Ich lege meine Handfläche auf das kurze fettige Unkraut und schlucke den Kloss runter.

Ich bin nichts. Ich bin nichts wert. Keiner sieht mich, wenn schon, dann nur um die negative Energie seines bösen Blicks loszuwerden.

Langsam gehe ich den Hügel hinunter zum Basar, wo ich vielleicht in diesen unsicheren, unruhigen Tagen in der Menschenmenge auf einen Selbstmordattentäter treffe, der genauso müde vom Leben ist wie ich, sich in die Luft sprengt und mich mit sich in den Tod reißt.

Ich bleibe vor dem Schaufenster eines Restaurants stehen, in dem die Taliban-Soldaten ihr Frühstück und Mittagessen serviert bekommen und sich von den Tanzkünsten eines Mannes amüsieren lassen. Vorsichtig durch das Schaufenster spähend, um nicht erkannt zu werden, sehe ich ihn in einem langen traditionellen afghanischen Kleid tanzen.

Minutenlang steht er auf einem Bein, dreht sich, dreht sich und dreht sich. Im Herumwirbeln verschwimmt er zu einem Kreisel, wie ich ihn von meinem Großvater geschenkt bekommen habe, ein Souvenir von seiner Reise nach Tadschikistan.

Ich hole den bunten Kreisel aus der Tasche meines Kleides. Von der magischen Kraft dieses Kreisels, von der mein Großvater immer schwärmte, habe ich bis jetzt nichts gespürt …

„Oha! Schau dir die mal an!"

Der laut gesprochene Satz, gefolgt von einem Gelächter erschreckt mich, der Kreisel fällt aus meiner zuckenden Hand und geht irgendwo verloren.

„Rote Lippen! Hahahaha!"

Verdammt! Ich habe meine Burka im Zahaks Burg liegen lassen und mein Gesicht ist unbedeckt.

„Wie kannst du es wagen, so auf der Straße herumzulaufen? He?"

Sein Gelächter wird lauter, während er und sein Begleiter näherkommen.

In der totstillen Gasse mache ich ein paar Schritte rückwärts und drücke mich an den Stamm eines Baumes.

„Ich … ich habe … ich …" Mein Körper ist von innen heiß und meine Haut brennt. Ich bekomme kaum Luft.

„Wo ist deine Burka?", knurrt der Größere von den beiden und deutet mit dem Lauf seiner Kalaschnikow auf mein Gesicht.

„Ich habe … ich habe … die Burka habe ich in Zahaks Burg liegen."

Unwillkürlich und plötzlich breche ich in Tränen aus, während ich mit hängendem Kopf meinen Handrücken über die Lippen ziehe, um den roten Lippenstift wegzuwischen.

Die beiden schauen sich kurz an. Dann schlägt einer mit dem Lauf des Gewehrs gegen meinen Oberarm. Der dumpfe Schmerz am Knochen bringt mich zum Heulen.

„Los! Wir gehen gemeinsam zur Burg!"

Einer greift in meinen Schal und in mein Haar und stößt mich auf den Weg, während ich weinend die Stelle reibe, an der das Gewehr mich getroffen hat.

Das Ziehen an meinem Haar macht mir höllische Schmerzen. Ich berühre ungern seine Hand, aber ich muss versuchen, meine Haarsträhne aus seiner großen, kräftigen Hand zu befreien, während der andere mir gegen die Waden tritt, damit ich mich schneller bewege.

Ich habe Angst und weine weiter.

Ihre Schritte sind groß und ich muss laufen.

In meinen Gedanken verfluche ich mich. Warum bin ich so? Warum bin ich immer so tief in meinen Fantasien versunken, dass ich mich in der Realität nicht zurechtfinde?

Die beiden rauchen Zigaretten, erzählen Witze und lachen.

„Ah ... schau mal, was die Fotze hier liest!" Der Größere zieht eins der Bücher hervor, die ich vor Nana, die sie verbrennen wollte, gerettet und in einem Loch in der Wand der Burg versteckt habe.

Warum musste er ausgerechnet dieses Buch nehmen, das von der Liebe zwischen Layla und Majnun erzählt? Grinsend blättert er die Seiten um und während der andere den Rest der Bücher mit dem Lauf seiner Kalaschnikow aus dem Loch hervorholt und auf den Boden verstreut, bleibt der Größere an einer Seite hängen und lacht plötzlich lauthals.

„Bitte, bleib für immer bei mir!", sagt Layla und nähert ihre Lippen den seinen.

Die verstellte weibliche Stimme, mit der er grinsend diesen Satz rezitiert, hallt in der Burg wider.

Der andere lacht laut und mustert mich mit seinem zornigen Blick.

Ich breche wieder in Tränen aus, dieses Mal heftiger. Ich beiße in meine Lippen. Die Tränen rollen meine erhitzten Wangen hinab.

Während ich meine Augen von dem Größeren abwende und zu Boden blicke, wirft mich die Wucht des dicken, schweren Buches, das er in mein Gesicht schleudert, ein paar Schritte zurück an die Wand.

„Bitte schlagt mich nicht … bitte!" Schluchzend, atemlos, verängstigt reiße ich mir die Nagelhaut von den Fingern. Mein Kopf geht hin und her, zwischen dem einen, der seinen Kopf aus dem Fenster der Burg steckt und nervös herumschaut, und dem anderen, der seine Kalaschnikow auf den Boden wirft, wütend seine Hände zu seiner Hose bewegt und näherkommt.

„Fotze! Du brauchst das Buch nicht mehr! Ich zeige dir jetzt, wie es weitergeht!"

22

Vor lauter Schmerzen verstecke ich mich stundenlang im Stall, schlage mich und höre nicht auf, leise zu wimmern.

„Du bist nichts wert!"

Ja, ich bin nichts wert. Ich bin nichts … Einfach nichts …

Ich dämpfe den Ton meiner Stimme und kneife mich immer wieder in den Oberschenkel, nehme meine Haare in die Faust und reiße sie aus der Kopfhaut.

Warum passiert mir das? Warum? Ich hasse mich. Ich hasse meinen Körper … diesen Geruch… hasse meine Haut.

Ich schlage mir ins Gesicht und zerkratze meine Wangen, spucke auf die blutige Hose und beiße in meine Finger und den Handrücken.

Warum bist du so naiv? Warum hast du ihnen erlaubt, das mit dir zu machen? Dich anzufassen? Dich zu … Warum hast du sie nicht geschlagen und bist weggelaufen. Das hätte dich nur einen Schuss in den Kopf gekostet, besser … besser … besser als dieses Leben.

Ich schlage meine Stirn auf den Boden, presse meine Hand auf den Mund, der erstickt schreit, und kneife meine Lippen …

Ich kann nicht mehr.

Schluchzend, mit starrem Blick aus roten Augen, abgerissenen Haaren zwischen meinen Fingern, feuchtem Gesicht, Zahnabdrücken in meinem Handrücken, blauer

Stirn, Kratzern an meinen Wangen und fertig … sitze ich auf dem Strohballen.

Mein Großvater meinte immer, meine Tränen seien ansteckend.

Ich ließ immer die Tür ein bisschen offenstehen, damit er mich, wenn er die Treppenstufen unserer Lehmhütte zum Brunnen hinunterstieg, beim Weinen erwischte.

Ich sah ihn sehr gerne weinen und liebte es, zu sehen, wie seine Nase röter als Rote Beete wurde und seine Tränen den langen weißen Bart hinunterglitten. Er sah wie … hm … wie heißt er nochmal? Dieser alte Mann, der den Russen im Winter Geschenke vorbeibringt? Ich habe seinen Namen vergessen. Also sie sahen sehr ähnlich aus!

Wenn ich seine rote, runde Nase sah, konnte ich einen Lachanfall nicht mehr unterdrücken. Der Arme hatte keine Ahnung, warum ich wieder so gut gelaunt war.

Ich sehe einen Schatten sich bewegen. Verängstigt spähe ich durch die Ritzen in der Wand des Stalls und schluchze leise.

Der Schatten bewegt sich langsam zur Tür. Ah! Verdammt!

Warum ist sie überall, wo man sie gerade gar nicht braucht?

Hinkend gesellt sich Nana zu mir. Sie beugt sich herab, stützt sich mit der rechten Hand auf ihrem rechten Knie ab und lässt sich keuchend neben mir auf dem Strohballen nieder.

Wie ich den Geruch ihrer Klamotten hasse!

Ihre nach Mist und Butter stinkende Hand streckt sie

nach meinem Gesicht aus und wischt mir grob mit ihren schrundigen Fingern die Tränen weg.

„Was hast du denn schon wieder angestellt? Du! Die Schande für den heiligen Namen meines Märtyrer-Sohnes!"

Unerträglich hässlich lächelnd richtet sie den Schal auf meinem Kopf zurecht und gibt mir dann eine Ohrfeige, die einen Schrei aus meinem Hals löst.

Anschließend schiebt sie mir derb eine Haarsträhne hinter das Ohr, hält mein Ohr fest, kommt mit ihrem Gesicht ganz nah heran und kneift mich mit ihrer anderen Hand zwischen den Beinen.

„Warum ist deine Hose blutig?"

Die Schmerzen, all die Schmerzen, in meiner Brust, die Schmerzen der Ohnmacht und Verlorenheit, die Schmerzen zwischen meinen Beinen, an meiner glühenden Schläfe, an meinem Ohr …

Es gibt viel zu viele Schmerzen in mir, die jeden Tag mehr, mehr und mehr werden.

Der Schlag gegen meinen Mund lässt mich verstummen.

„Hast du dich endlich in der Burg ficken lassen?", zischt sie mir ins Ohr, während sie grinsend ihren rechten Zeigefinger aufrecht vor ihrem Mund hält und einen Kuss darauf drückt. Ich schlucke verängstigt runter und verstehe ihre Geste nicht. Vor Schmerzen kneife ich die Lider zusammen, als sie schlagartig mit ihrer Hand zwischen meine Beine dringt.

Ich weine und weiß nicht, was sie vorhat, aber das Blinzeln ihrer aufgerissenen hellblauen Augen mit dem ungeschickt aufgemalten schwarzen Kajal, ihre weißen Haare, die unordentlich aus dem Schal über ihr Gesicht fallen, jagen mir in diesem dämmerdunklen Stall Angst ein.

    Verstört schiebe ich ihre Hand von meinem Gesicht und heulend stolpere ich durch den Türspalt in den Hof.

23

2014

Seufzend stehe ich auf der Kuppe des smaragdgrünen Hügels. Er liegt gegenüber von Zahaks Burg, die entgegen den Vermutungen meines Großvaters immer noch fest auf dem Hügel thront. Mit geschlossenen Augen balanciere ich zwischen dieser unsäglichen, heillosen Gegenwart und der Flucht in die mit bitterem Schmerz angefüllte Vergangenheit.

Aber das tut auch weh. Sogar mehr als mein jetziges bitteres Dasein …

Ich bin nun erwachsen genug, um zu verstehen, dass Zahak nur eine mythische Figur in der Geschichte war. Ich möchte ihn nicht mehr treffen. Ich möchte nicht das schönste Mädchen sein, das er je getroffen hat. Ich möchte nicht mehr eine Rolle als Ehefrau in seinem Leben haben. Ich habe schon so viele von diesen Zahaks jeden Tag um mich herum. Jeden Tag trage ich für sie so viel roten Lippenstift auf, wie sie verlangen.

Ich tanze vor ihnen. Ich lasse sie meinen Körper berühren und ich schlafe mit ihnen.

Mit einem einzigen Augenkontakt ihn nach mir verrückt zu machen, den Geschmack und die Wünsche eines US-amerikanischen Soldaten von dem eines Deutschen und eines Afghanen ohne Worte zu unterscheiden, die, die dir etwas bedeuten in solche Schwierigkeiten bringen, die sie nicht mal in ihren Albträumen haben, ist meine Kunst und davon lebe ich.

„Du bist die Frau mit einzigartigen Augen und der schönsten Figur, die ich je getroffen habe!"

Das höre ich jeden Tag, ständig.

Ich denke an das Geld in seiner Tasche und er an den Körper unter meiner Kleidung.

„Du bist bezaubernd schön, könntest locker ein Movie-Star sein!"

Diese Sätze haben aber keine Bedeutung in einem Land, in dem Träume früher als der Körper begraben werden.

Gegen solche Sätze musste ich, nachdem ich, noch als Kind, aus der Familie ausgestoßen worden war, für mein Überleben in diesem Land mein Ich verkaufen.

Seine Knie werden weich, das Blut fließt vom Hirn zum steifen Glied und die Lippen verlangen nach einer zumindest sekundenkurzen Berührung meiner zarten, frischen Haut.

Ich erleichtere seinen ekelerregenden Körper um ein paar Milligramm Testosteron. Ich nehme sein Geld. Ja, weil ich überleben muss!

Ich tanze vor ihm, manchmal auf einem Bein, drehe mich und drehe mich und drehe mich und lasse meine hellbraune Mähne durch die Luft wirbeln, ja, weil ich überleben muss!

Nach dem Vergnügen einer zwanzigminütigen Begegnung der Körper geht das Leben weiter. Jede qualvolle Sekunde dieser zwanzig Minuten wiederholen sich … wiederholen sich … wiederholen sich und so überlebe ich den Tag.

Auf dem Rücken liegend, lasse ich meine Haare von der Bettkante hängen.

Durch die schwarze Spitze meines Morgenmantels zeige ich die erregten Nippel meiner Brüste und durch seinen Schlitz meine langen, braun schimmernden Unterschenkel, über deren scharf gezogene Schienbeine Schweißtropfen hinuntergleiten, während das andere Bein mit der fleckigen, alten Bettwäsche des Militärlagers bedeckt ist.

Nicht jede findet ihren Weg in dieses Lager. Nur die schönsten Huren von Kabul kommen zu der Ehre, US-amerikanische und deutsche Soldaten zu amüsieren. Unter allen bin ich die am meisten Besuchte und Begehrte.

Der Mann, diese armselige widerliche Kreatur. Egal welcher Haarfarbe und Nationalität. Dank der NATO und im Schutz ihrer Demokratie habe ich noch den Geschmack Dutzender Nationen auf der Zunge. Manche dieser Hornviecher bezahlen nur, um mich ein paar Minuten anzustarren, ohne dass mein Gehirn jemals in der Lage wäre, die Gedanken hinter ihren weit geöffneten Augen und starrem Blick zu erfassen. In diesem Moment wird mir klar, dass ich nur existiere, von leben kann nicht die Rede sein.

Die rot lackierten Fingernägel der einen Hand habe ich zwischen meinen Locken und die Finger der anderen ruhen auf meinem Oberschenkel.

Mit den hellgrünsten Augen ganz Afghanistans schaue ich Stephan durch seine Kamera direkt in die Augen.

„Dieses Foto kann von diesem tiefsten Punkt der Welt auf das Cover Tausender von Fashion-Magazinen rund um die Welt gelangen!", sagt er, während er das Bild vergrößert.

Die Schweißperlen zwischen seinen hellbraunen Haaransätzen und an seiner Stirn glänzen im Licht des Displays der Kamera.

„Darf ich das behalten?", fragt er.

„Ja."

Ich drücke meine Zigarette auf der Fensterbank aus. Sein Gewicht auf mir lässt mich tiefer ins Bett einsinken, während er das Display dreht und mir vor die Augen hält.

„Schau dich an."

„Mach das weg!" Ich halte die Hand vor meine Augen.

„Schau, wie schön du bist. Hör mit diesem Mist auf! Lass mich dir helfen!"

„Lösche mein Gedächtnis."

„Das kann ich nicht, aber lass mich deine Zukunft retten."

„Leg das Geld auf den Tisch und geh."

„Ich komme morgen wieder!" Er löst langsam seinen Körper von mir.

Bitte, geh nicht. Bitte! Ich möchte für immer und ewig bei ihm sein und in seinen Armen sterben.

Seine blauen Augen sind wie ein Ozean nach dem Sturm. Die Schönheit einzelner grauer Strähnen in seinem hellbraunen Haar, seine raue Stimme, der Respekt in seinem Ton, wenn er sich mit mir unterhält, die Klugheit in seinem Blick, die Wärme seines Körpers beschützen mich. Seine Anwesenheit löscht die Vergangenheit und macht die Gegenwart erträglich.

Seine Hände fassen mich nicht an, sie wandern, sie ertasten und erforschen meinen Körper. Sie suchen nach etwas, das ich in meiner Kindheit, an jenem Tag im gesetzlosen Basar, in der Burg und in der Umklammerung meines bittersten Lebensabschnitts verloren habe.

Er hat es gefunden und seit ein paar Wochen hält er es mir jeden Tag vor Augen, um mir mein wahres Ich zu zeigen und mich aus dieser Verwirrtheit herauszuholen. Jeden Tag treffen mehrere Körper auf den meinen, aber seitdem ich ihm begegnet bin, kenne ich nur einen Geruch, einen Blick, eine Stimme, dieses vertraute Gefühl am Unterleib, wenn seine Finger zärtlich über meine Haut gleiten.

Die Berührung seiner Haut gibt mir Sicherheit.

Ich kann nicht ohne ihn. Aber seine Zuneigung ist zu viel für mich. Und seine Anwesenheit ist mir zur Droge geworden. Ich bin von ihm abhängig.

Die laute Musik, die vom Hof des Camps hereinschallt, holt mich aus meinen Gedanken. Die Soldaten feiern.

„Was für einen Schwachsinn singen die denn da?", mokiere ich mich.

„Magst du es nicht? Ich mag es aber! I miss you like the deserts miss the rain!" Seine raue, metallische Stimme begleitet die Sängerin, seine Augen lächeln mich an.

„Wüste kennt überhaupt keinen Regen. Wie kannst du etwas vermissen, das du nicht kennst?"

Stephan schweigt, während ich ihn, auf eine Antwort wartend, anstarre und die nächste Zigarette zwischen meine Lippen stecke.

Ruhig schiebt er seinen nackten Körper über mich. Er

stützt sich auf beide Ellbogen und lässt die Finger seiner rechten Hand durch meine Haare wandern, während der Zeigefinger seiner linken Hand über meine Haut zur Narbe am rechten Unterbrauch tastet und dort innehält.

„Woher hast du diese Narbe?", flüstert er, während seine Fingerspitze die Stelle streichelt.

„Du sollst nicht alles über mein Leben wissen."

Ich stoße eine Wolke Rauch in sein Gesicht. Mit Daumen und Zeigefinger löst er die Zigarette von meinen Lippen und wirft sie irgendwohin in das schwach beleuchtete Zimmer.

Ich versinke im klaren Blau seiner Augen, die von den im Alkoholrausch schwer gewordenen Lidern halb bedeckt sind.

„Zieh dich morgen schön an … nicht diese hässliche Uniform. Wir wollen uns wie normale Menschen treffen."

„Für dich tue ich alles." Er vergräbt sein Gesicht zwischen meinen Brüsten und haucht Küsse darauf.

„Wo sollen wir denn hin?"

„Willst du den Ort sehen, wo ich aufgewachsen bin?" Ich drücke ihm einen Kuss auf die Schläfe.

„Klar!", versichert er aufblickend.

Dieser Blick … Dieser Blick darf nie aus meinem Leben verschwinden.

Ich umarme ihn fest und fester. Das Wachs der Kerze ist verbraucht und sie erlischt.

24

„Es tut mir leid! Ich wusste nicht …" Seufzend lässt Stephan seinen Kopf auf die Brust sinken und wendet den Blick von dem verbrannten, verlassenen Dorf auf den Boden der Burg. „Diese verrückte Welt!"

Der smaragdgrüne Hügel riecht nach regennassem Wald und Zahaks Burg nach feuchter Erde.

„Warum habt ihr dieses Dorf bombardiert?" Ich trete einen Schritt zurück, lehne meinen Rücken an eine der entgegen der Vermutung meines Großvaters immer noch stabilen Wände der Burg und betrachte von oben das verwüstete Dorf, von dem die Bombardierung der Bundeswehr nicht viel übrig gelassen hat außer schwarz starrenden Ruinen und dessen Bewohner fast alle vernichtet wurden.

„Ich bin nur ein Offizier! Die Entscheidungen werden ganz oben getroffen. Ich muss sie durchführen. Wir konnten vorher die Zivilisten nicht auffordern, den Ort zu verlassen, sonst hätten die Taliban unseren Plan durchschaut."

„Wie fühlst du dich gerade, von hier, von ganz oben das Ergebnis deiner Tat zu betrachten?"

Er wendet seinen Blick von dem verbrannten Ort weg und dreht sich zu mir.

„Das kann ich nicht rückgängig machen, aber mitten in diesem Krieg habe ich jemanden gefunden, für den ich bereit bin meinen Weg zu ändern. Ich habe dich, Saba!"

Er geht auf mich zu, ich schaue weg.

„Ich habe ein Geschenk für dich."

Er hält den Blick seiner hellblauen Augen auf mein Gesicht gerichtet und dreht das Bild, das er schon aus der Brusttasche herausgeholt hat, zu mir hin.

Das Foto zeigt mich auf dem Bett, ich atme tief ein und versuche ihn anzulächeln, während er jetzt ganz nahekommt, meine Tasche öffnet, das Foto, eine Videokassette und ein paar Dollarscheine hineinsteckt. Sachte bewegt er sein Gesicht dem meinen zu ...

„Willst du die Wohnung sehen, in der ich aufgewachsen bin?", unterbreche ich die Annäherung.

Lächelnd löst er seine Finger von meinem Kinn und tritt einen Schritt zurück.

„Klar!"

25

Die Reste der Bäume sind schwarz. Die Hälfte unseres großen Hauses ist verbrannt. Der Geruch der Kohle steckt in jedem kleinen Partikel von dem, was noch übriggeblieben ist.

Stephan steht neben dem plattgebombten Brunnen, aus dem seit drei Wochen Wasser sickert und durch die geplatzten Mosaike des Hofes seinen Weg zum Keller findet. Bedrückt wirkt er, schaut sich, vielleicht bedrängt vom schlechten Gewissen, um.

„Es tut mir leid! Ich weiß nicht, was ich sagen soll."

„Ich wollte immer, dass eines Tages alle Menschen in diesem Dorf auf schreckliche Weise sterben. Darunter auch meine Großmutter. Es soll dir nicht leidtun. Die waren keine guten Menschen. Ich wollte sie alle verbrennen sehen. An dem Tag, als ihr dieses Dorf bombardiert habt, stand ich in Zahaks Burg und genoss die Ansicht, wie schön und gerecht die Raketen auf diese ekelerregenden Monster runterregneten und sie zerfetzten."

„Bitte Saba ... es tut mir leid. Darf ich wissen, warum du sie so sehr hasst?"

Er legt seinen Arm um meine Schulter und drückt mich fest an sich. Das ist das schönste Gefühl, in seinen beschützenden Armen zu sein.

„Es muss dir nicht leidtun. Um diese Menschen braucht es dir nicht leidzutun."

Ich drehe mich aus seiner Umarmung und gehe die Treppe zum Wohnzimmer hoch.

Dieser widerliche, vertraute Geruch aus der Kindheit, der stärker ist als der Gestank nach Verkohltem, übt Druck auf meinen Magen aus.

Wie gerne hätte ich Nanas von Würmern zerfressenen Körper hier gesehen. Die hinfällige, hässliche, alte Hexe, die sich in den letzten Monaten ihres Daseins nicht mehr bewegen konnte. Ich kam sie ab und zu besuchen. Warf die Essensreste, die ich extra für sie aus dem Mülleimer des Militär-Camps gefischt hatte, vor sie hin und sah zu, wie sie hilflos und elend, in ihrem eigenen Kot und Urin, mühsam zu den Essensresten kroch und sie hastig in den Mund stopfte.

Ein Klopfen mit meinem Fingerknöchel an ihren Schädel hätte gereicht, um ihren schwachen Körper vor meinen Augen verenden zu lassen, aber ich wollte sie leiden sehen.

Ich genoss es zu sehen, dass sie wegen des kleinen Tumors in ihrem Gehirn nicht mehr vernünftig denken und reden konnte.

Dass sie vor den weiblichen und männlichen Dorfbewohnern, die sie besuchen kamen, plötzlich die Klamotten von ihrem dürren Körper riss und nackt und armselig vor ihnen saß und dass sie wie ein Baby lallte, das sabbernd unverständliche Laute von sich gibt.

Ich genoss es zu sehen, wie die Dorfbewohner sich vor ihr ekelten und sie in den letzten Monaten ihres Daseins alleine ließen.

Schön, dass sie alle jetzt gemeinsam in der Hölle brennen.

Auf dem Boden liegen die eingerahmten Bilder meines Großvaters, auf denen er mich freundlich anlächelt. In dem Moment löst sich ein Ziegel vom Dach und landet direkt auf seinem Gesicht.

Ich bewege mich durch die Ruine, hebe den Ast, der vom Dach hängt und den Weg versperrt, hoch und kichere in der dunklen Kammer in mich hinein, der einzigen Stelle des Hauses, die vom Raketenangriff verschont geblieben ist.

„Wohin gehst du denn? Das Gebäude ist nicht stabil! Das kann jede Sekunde runterkommen!"

Stephans raue Stimme hallt, seine Anwesenheit gibt mir Sicherheit, in die dunkle Kammer einzutreten.

Mit einem Lächeln stecke ich zwei Finger in ein Loch, gebohrt von mir, in der Wand, und ziehe den roten Lippenstift meiner Bubo djan, den ich da versteckt hatte, heraus.

Er riecht immer noch, wie vor zweiundzwanzig Jahren, nach Damaszener Rosen.

Die verschwommene Schönheit meiner Bubo djan tritt mir wieder vor Augen, als ich mein Bild betrachte, das matt von den Töpfen zurückgeworfen wird, die, wie vor zweiundzwanzig Jahren, dort hochgestapelt stehen.

„Da bist du ja! Lass uns gehen! Ich ..."

Ich drehe mich langsam um und schaue ihn an, wie er bedrückt, besorgt, aber ohne Zögern näher und näherkommt. Seinen Daumen streicht er langsam über meine Lippen, während er mir tief in die Augen schaut. Seine Schönheit hypnotisiert mich.

Die letzte Bewegung seines Daumens über meinen Lippen ist hastig. Plötzlich greift er mich um die Hüfte und drückt mich heftig gegen die Wand, wodurch Staub vom Dach auf uns herabrieselt.

Seine Lippen saugen sich schmerzhaft an meinen fest. Ich kann nicht mehr. Meine Knie werden weich und wir fallen auf das alte Bett meiner Bubo djan.

Während er meinen Kopf zwischen seinen kräftigen Händen festhält, bewegt er sich hastig zwischen meinen Beinen hin und zurück.

Das Stöhnen seiner rauen Stimme ist zügellos, voll erstickter Gewalt. Seine Lippen reißen sich von meinen los, gleiten über das Kinn zu meinem Hals, während er die Knöpfe meines Kleides abreißt und seine Lippen zu meinen Brüsten gleiten lässt.

„Warte!"

Er starrt mich unbestimmt lächelnd an und verharrt unbeweglich. Ich befreie mich sehr ungern von seinem Gewicht, aber ich muss ... Ich muss gehen. Ich gehöre niemandem. Niemand gehört mir. Diese Gefühle haben in mir nichts zu suchen. Ich nehme mein Geld und verschwinde. Ich verschwinde aus dem Leben und den Erinnerungen ... Alles, was von mir übrigbleibt, soll ein zwanzigminütiges Vergnügen sein. Mehr bin ich nicht wert ...

Der laute Knall eines Schusses hallt in der Ruine. Stephan liegt am Unterschenkel blutend auf dem Bett. Er schaut mich groß an, während er sich vor Schmerzen verkrampft.

Unter dem Bett rollt ein bewaffneter Taliban hervor und zwei andere kommen durch die Ruine zu uns gerannt.

„Was? Nur einer?", brüllt mich einer von ihnen an, als er den blutenden und gekrümmten Stephan auf dem Bett sieht.

„Was erwartest du denn, drei auf einmal daten? Die hätten mich verdächtigt!", sage ich mein Kleid zuknöpfend.

Der, der Stephan angeschossen hat, stößt ihm den Lauf seines Gewehrs in den Rücken und befiehlt ihm, der mich schockiert anstarrt, aufzustehen.

„Das ist zu wenig!", lehne ich die angebotenen Geldscheine von dem, der am größten ist, ab.

„Weißt du, dass ich dich als Hure mitten in diesem Hof von meinen Männern steinigen lassen kann?"

Meine Finger halten beim Zuknöpfen des Kleides inne. Nach einer Weile, mit ernstem Blick die Angst in meinen Augen musternd, fängt er plötzlich an zu lachen, während er den Blick von meinen Augen zu den Brüsten bewegt.

„Spaß! Ich habe gerade wirklich keine Lust und Zeit dafür."

Heftig schlägt er die Scheine gegen meine noch nackten Brüste. „Also halt dein Maul und nimm es!"

Viel zu viele Erniedrigungen musste ich im Leben seit der Kindheit runterschlucken, dieses Mal auch. Ich halte einfach das Maul.

Auf meine Lippen beißend nehme ich das Geld und stecke es in die Tasche.

„Hier, pack die auch ein." Er steckt seine Faust mit vier Spritzen in meine Handtasche.

„Ich bin kein wortbrüchiger Mensch! War sehr schwer, Giftspritzen in Kabul zu finden, aber die habe ich dir aus Pakistan besorgt. Pass auf! Sehr hoch dosiert. In Millisekunden töten die!"

Er richtet einen strengen, fragenden Blick auf mich und zieht mich mit einer ruckartigen Bewegung seiner Hand, die noch in meiner Tasche steckt, zu sich.

„Allerdings frage ich mich immer noch, wozu du die brauchst."

„Das geht dich nichts an!" Entschlossen mache ich einen Schritt zurück und ziehe meine Tasche von seiner Hand weg.

„Und was ist mit deiner zweiten Abmachung?" Ich schaue ihm direkt in die Augen.

„Bleib hier. In zehn Minuten wirst du abgeholt." Er wendet sein Gesicht von mir zur Tür.

„Hey! Schneller du Arschloch!" Er senkt seine Stimme wieder, als er mich anschaut und mir einen Zettel aushändigt.

„Die Nummer vom Schleuser in Deutschland. Ich kann es gar nicht begreifen, was in deinem Kopf abgeht. Erst willst du raus aus diesem Land und dann wieder zurück, aber ja, mir doch egal! Ich habe meinem Freund in Deutschland Bescheid gesagt. Der weiß also, dass du dich bei ihm melden wirst, und wird dich dann von Deutschland nach Italien fahren!"

Ein Kleiner, dessen Schulter unter dem Gewicht der Kalaschnikow nachgibt, taucht mit einem Wassergefäß in der Kammer auf.

„Erfrisch dich für die Abreise!"

Er reicht mir das Gefäß, wischt sich mit der freien Hand den Schweiß von der Stirn und wirft ungeschickt einen verstohlenen Blick auf meine halb bedeckten Brüste.

Blutend, mit dem Lauf der Kalaschnikow an seinem Kopf hinkt Stephan widerstandslos zur Tür.

Mein Blick trifft seinen, aber ich kenne ihn nicht mehr.

26

Er ist fremd. Alles ist fremd. Genauso fremd wie all diese Gesichter um mich herum.

Mein Kopf platzt gleich. Mit einer zerstörten Vergangenheit und unklaren Zukunft stecke ich seit 23 Tagen in dieser erstickenden Gegenwart, die nutzlos zur Vergangenheit wird.

Wenn ich rausgehe, um mir Brot und Wasser zu holen, habe ich ständig Angst, ohne gültige Papiere von Polizisten erwischt und abgeschoben zu werden. Es darf aber nicht passieren. Bevor ich dich nicht getroffen habe, darf es nicht passieren.

Ich höre ihn singen unter der Dusche.

Dieses Vergnügen von ein paar Minuten hat seine Laune so aufgehellt, dass es ihm erlaubt, seine unerträglich hässliche Stimme aus dem ekelerregenden Körper zu lassen.

Ich sitze auf seinem fleckigen, maroden Sofa, irgendwo in Budapest. Es ist heiß. Drei Kakerlaken gehen die Wände rauf und runter spazieren.

Es laufen Nachrichten im TV. In diesen 23 Tagen hat Stephan viel zu viel abgenommen.

Ich kann diese verfickte ungarische Sprache nicht. Ich sehe nur, wie Stephan in orangen Klamotten auf dem Boden kniet, umzingelt von schwarz gekleideten Männern mit verhüllten Gesichtern.

„Unsere Forderungen wurden von Deutschland nicht erfüllt. Deswegen bezahlt dieser Mann, General Stephan Weiß, durch dessen Befehl das Dorf Haji-khan im Norden

Afghanistans von der Bundeswehr bombardiert wurde und dessen Bewohner ausgemerzt wurden, dafür mit seinem Leben."

Ich kenne diese Stimme. Er ermöglichte mir die Ausreise. Er ermöglichte es mir, dich nach Jahren endlich wiederzusehen, dir ein paar Schritte näher zu kommen.

Er hebt die Machete in die Luft, stößt Stephan, dessen Hals entblößt ist, auf die Seite und als die Machete herabfährt, wird das Video abgebrochen. Ein Nachrichtensprecher taucht mit blassem Gesicht auf dem Bildschirm auf und teilt den weiteren Verlauf des Videos mit.

Ja. Nicht für ein paar Geldscheine, sondern um mich zu beruhigen, habe ich das alles getan und tue ich alles weiterhin so, um mir eine Erleichterung für ein paar Tage zu verschaffen.

Je mehr Blut ich sehe, desto leichter fühle ich mich. Dafür bringe ich sogar die Ziele meiner Sehnsucht, die zum Greifen nahe sind, mit meinen eigenen Händen um und verwandle freiwillig meine Träume in Albträume.

Bei Stephan war ich aber zögerlich. Es hat lange gedauert, bis ich mich überredet habe, ihn zu verraten. Ihn den Taliban zu übergeben.

Ihm wollte ich aber nicht wehtun. Den ersten und einzigen Menschen, der mir gezeigt hat, dass ich wertvoll bin, wollte ich immer und ewig für mich behalten. Ich kenne keine Liebe und Zuneigung, aber in den Momenten, als ich Stephan bei mir und neben mir hatte, schmeckte mir sogar das Atmen des Sauerstoffs.

Das Schicksal wollte mich aber nie froh und zufrieden

sehen, nicht ein einziges Mal mich das Leben genießen sehen. Das Schicksal gönnte mir nie ein friedliches Leben.

Das Foto von mir und die Videokassette, auf der er mir zart und ehrlich seine Liebe zeigt, diese Geschenke von ihm liegen jede Nacht neben mir auf dem Bett. Wie brutal nahm das Schicksal Stephan von mir weg!

Zumindest nicht jetzt, nicht jetzt, wo ich sehe, dass Stephan enthauptet wird, will ich eine Männerstimme singen hören. Ich will ihn, der mich vor ein paar Minuten wie den letzten Dreck behandelt hat, nicht unter der Dusche singen hören. Mein Kopf platzt gleich.

Ich bin einsam.

Das Leben nimmt mir die Menschen, die ich liebhabe, auf brutale Weise einen nach dem anderen weg und genießt es, mich langsam zu zerstören.

Aber ich habe noch eine kleine Hoffnung. Meine einzige Hoffnung ist, dich zu finden.

Ich brauche eine Schulter, an die ich meinen Kopf legen und Tage und Nächte weinen kann.

Ich bin müde. Ich muss dich finden.

Ich will keinen Mann mehr, der mich anfasst und mich mit seinem Geld jeden Tag unreiner macht. Irgendwo soll es auch für mich einen gerechten Ort auf dieser Erde geben und ich weiß, dass ich diesen Ort nur bei dir finden kann.

Seit langem gebe ich jeden Tag deinen Namen im Internet ein und betrachte dein Bild stundenlang.

Auf diesem kleinen Bild, mit deinen schönen hellgrünen Augen lächelst du die ganze Welt freundlich an. Allerdings war ich dieses lebhafte Lächeln nie wert. Außer mich an

Nana zu verpetzen und gefühllos zuzusehen, wie sie mich schlägt, nichts anderes war ich dir wert. Aber weißt du was? Ich habe es dir verziehen! Und ich möchte dir das direkt ins Gesicht sagen, dass ich dir verziehen habe und genau deswegen will ich dich finden. Ich muss dir von mir erzählen. Dir erzählen, wie ich mich, als ich noch ein Kind war, Tag und Nacht für etwas Brot und Wasser von Männern ficken ließ, während unsere Nana – das armseligste, hässlichste Lebewesen der Welt – ihr Bestes gab, dein Leben vor dem miserablen Land zu retten.

Ich war zu klein, vielleicht zu naiv, um zu ahnen, dass Nana meine rechte Niere verkauft hatte, damit sie eure ständigen Reisen nach Pakistan bezahlen konnte. Endlich schaffte sie es, den Cousin ihres ersten Ehemannes zu überzeugen, dich zu adoptieren und nach Deutschland zu bringen.

Für mich interessierte sich aber keiner. Ich erwartete, dass du dieses ekelerregende Lebewesen, an dem der Hirntumor von innen fraß, der ihren Körper schleichend verwelken ließ, dass du ihr zumindest einen kleinen Teil der Freundlichkeit und Besorgnis, die sie dir immer zeigte, zurückzahlen würdest, aber du kamst sie nicht mal in den letzten Monaten ihres jämmerlichen Lebens besuchen.

Vielleicht warst du ja schon zu sehr mit deinem eigenen schönen, wohlverdienten Leben beschäftigt.

Ja. Ich sehe dich im Internet. Aus dir ist eine erfolgreiche Ärztin in Deutschland geworden.

Nein. Ich beneide dich nicht. Ich gönne es dir sogar. Aber ich muss dich unbedingt finden. Ich muss dich sehen und dir von mir erzählen. Dir erzählen, wie sehr ich Stephan vermisse. Wie sehr mein Kopf schmerzt. Wie wertlos ich lebe. Vielleicht wirst du mich – deine Schwester – ja dadurch etwas besser kennenlernen.

„Hey, du glückliche Fotze! Hast du die Nachrichten gehört?"

Seinen abstoßenden, noch nassen Körper in ganzer Nacktheit präsentierend, kommt er mit einer Flasche Wodka zu mir. Mein starrer Blick zwingt ihn, mit mir in seinem kaputten Englisch mit schwerem ungarischen Akzent weiterzureden.

„Die Fotze in Deutschland, Merkel, hat die Grenze geöffnet! Pack doch alles in deine Fotze ein und verschwinde. Ist doch die beste Gelegenheit."

Grinsend steht er dicht vor mir. Während ich auf dem Sofa sitze, berühren seine Genitalien mein Gesicht.

Ich bin müde. Ich bin müde von all diesen Erniedrigungen, die, seit ich mich erinnern kann, meine ständigen Begleiter sind.

„Halte Abstand!"

„Was?" Grinsend drückt er sein Stück dichter an mein Gesicht.

„Du magst es doch!"

Ich kann nicht mehr. Mein Kopf platzt gleich. Unwillkürlich zittere ich am ganzen Körper. Ich kann nicht mehr. Es ist genug. Ich will nicht mehr.

„Du isst hier gratis, schläfst hier gratis, trinkst hier gratis, lässt dich ficken gratis …"

Mit der Flasche noch am Mund bricht er in berstendes

Lachen aus. Hustend, einen Schwall Wodka auf mich spuckend, lacht er lauter und lauter.

Der Geruch des Alkohols dringt durch meine Nase in alle Neuronen meines Gehirns.

„Als Dank solltest du dich jeden Tag hundertmal von mir ficken lassen. Ich hätte dich zur Polizei bringen und dich ihnen als illegaler Einwanderer übergeben können, aber ich habe es nicht getan! Also halt's Maul!"

Seine kräftige Hand drückt auf meinen Mund, begleitet von weiterem Spucken auf mein Gesicht.

Ich schließe die Augen und versuche noch zu atmen. Aber mir ist schwindlig. Ich kann nicht mehr.

„Hätte ich dich nicht von der Straße geholt, hätte dich die Polizei verhaftet. Sie hätten dich hier registriert und Fingerabdrücke von dir genommen! Das heißt, egal wohin du willst, werden die dich hierhin zurück abschieben! Du dumme Kuh! Du undankbare Fotze! Du hättest …"

Ich höre ihn nicht mehr hin. Es piept ständig in meinen Ohren. Ich sehe nichts außer einer roten Fläche. Meine Beine zittern. Die Luft ist zu dick, sie geht nicht leicht in meine Lungen, ist irgendwo in meiner Luftröhre stecken geblieben.

Ich zittere vom Kopf bis zu den Zehen, kann seine Existenz in dieser Welt nicht mehr ertragen. Alles um mich herum ist jetzt viel zu viel für mich.

Er reibt sein Genital an meinem Gesicht, ich atme unregelmäßig, starre das Messer auf dem Tisch neben den vertrockneten Pizzastücken an.

Ich weiß nicht, wann, wo und wie die feste rote Fläche

vor meinen Augen sich verflüssigte. Ich sehe Blut. Blut. Eine rote visköse Flüssigkeit auf dem Boden. An seinem Körper, der zigfach angestochen auf dem Boden liegt. Ich werfe das Messer auf den Boden, nehme meine Tasche und laufe raus. Raus aus der Wohnung, raus aus dem ärmsten Viertel von Budapest Richtung Bahnhof. Viele sind da und sehen nur die fröhlichen Gesichter der vielen zufriedenen Menschen. Sie klatschen, lachen.

„Thank you Merkel! Thank you Merkel! We love you!", höre ich überall.

Die Menschen steigen in die Züge ein und die fahren los. Wohin? Das kann ich nicht glauben. Endlich zu dir! Ich kann jetzt zu dir! Endlich sehe ich dich. Endlich kann ich meinen Kopf an deine Schulter legen und weinen. Endlich bist du für mich da.

Ich steige ein. Der Zug fährt und ich bin in ein paar Stunden bei dir. Ich kann es nicht glauben. Ist das wirklich das Ende meines elenden Lebens und der Anfang eines neuen?

Ich bin froh. Ich betrachte die Flüchtlinge. Wie viele Schicksale wie meine, wie viele Menschen wie ich sitzen gerade in diesem Zug?

Keiner kann meine Vergangenheit erahnen und meine Gedanken über die Zukunft lesen, aber ich bin hier jetzt in dieser Gegenwart, mitten im Leben.

Wenn ich am Ziel bin und du mir in die Augen schaust, wirst du nie im Leben erraten, was ich mit dir vorhabe. Mein Plan wird die größte Überraschung deines Lebens sein.

27

Ich bin angekommen, aber nichts interessiert mich außer der Ackermannstraße 72.

Ich verbringe die Zeit in diesem Internetcafé direkt vor deiner Praxis und lese deine vom Google-Übersetzer auf shitty english übersetzten Bewertungen durch.

Völlig fremde Menschen hast du gut behandelt und ihnen Minuten deines Lebens geschenkt, aber deine eigene Schwester hast du so leicht vergessen, als ob es sie nie gegeben hätte. Du warst nie für mich da.

Nana hatte doch recht. Jetzt, da ich dich als eine erfolgreiche Ärztin sehe, wird mir klar, dass du Nanas ständige Aufmerksamkeit, Unterstützung und Fürsorge verdient hast.

Du warst nie wie ich. Du wolltest nie wie ich sein. Du warst nicht in deiner eigenen Fantasiewelt versunken. Du hast nie roten Lippenstift getragen. Du wolltest nie Zahak gefallen. Du gingst nie zu der Burg. Du hieltest Abstand von mir. Ja! Weil du nicht wie ich sein wolltest. „Nicht wie ich sein" machte aus dir eine erfolgreiche Persönlichkeit, worauf Nana im Grab stolz sein kann.

Es war für mich immer gruselig, dich als Schwester zu haben. Ein Copy&Paste von mir.

Als ob ich in mein Spiegelbild schaue und lächele, aber es schaut mich nur starr an, ich jubele, bewege die Arme fröhlich in der Luft, aber es schaut mich nur starr an. Versuche näherzukommen, aber es schaut mich nur starr an, versuche es berühren, aber es schaut mich nur starr an, versuche ihr zu zeigen, dass ich sie liebhabe, dass ich ihre Schwester bin, dass wir uns liebhaben müssen, aber es schaut mich nur starr an. Zu vertraut, gleichzeitig zu fremd schaut es mich nur starr an. Du- hast- mich- immer- nur starr- angeschaut, bis das Schicksal unsere Wege trennte.

Im Basar, als ich fünf war, und in der Burg, als ich sieben war, verlor ich meine Kindheit, mein Recht, wie ein Mensch behandelt zu werden. Meine Würde, meine Unschuld, meine Vergangenheit, meine Gegenwart, meine Zukunft, die Zeit, Gefühle, alles, was den Menschen zu einem Menschen macht. Das alles habe ich mit fünf und sieben verloren, aber mit achtundzwanzig bin ich jetzt hier, um dir davon zu erzählen, wie es für mich war, ständig nichts wert zu sein …

Ich blicke durch die Fensterscheibe auf die Straße. Ich sehe dich. Wow! Chic angezogen kommst du die Treppe herunter zu deinem am Straßenrand geparkten Auto.

Wir haben nicht nur exakt dasselbe Aussehen, sogar noch denselben Geschmack. Dein Haar genauso lang wie meins und die hellbraune Farbe hast du wahrscheinlich auch nie ändern lassen.

Ich beiße ein Stück vom belegten Brötchen ab und schlucke den Kloß in meinem Hals mit einem Schluck Kaffee runter. Ich habe dich so sehr vermisst. Nach zwanzig Jahren sehe ich dich wieder. Ich beobachte dich seit zwei Tagen nicht nur hinter dieser Scheibe, sondern ich verfolge dich. Was für ein schönes Haus.

Dank diesem Internetcafé habe ich bei Facebook auch jetzt ein Konto und sehe dich jeden Tag tausendmal.

Deine wunderschöne Tochter, Shila. In deinen Armen lächelt sie jeden an, der dein Profil besucht. Wie stolz du sie im Arm hast! Das Bild gefällt deinem Mann, Julius, der euer Hochzeitsbild als sein Profilbild hat. Wow, der ist aber hübsch. Du bist sehr glücklich, so einen Mann für dich gewonnen zu haben. Diese blauen Augen und das markante Kinn, die dichten, hellblonden Locken. Wow, Darya! Ich gratuliere dir! Du hast dir ein Leben, ein verdientes Leben geschaffen, in dem ich aber als deine Zwillingsschwester keinen Platz habe.

Ich frage mich, warum ich deinen Erfolg an diesem toten, harten Bildschirm verfolgen soll. Wenn ich auf mein Leben zurückblicke, auf die ganze Misere, die ich erleben musste, komme ich nur auf eine einzige Antwort. Ja. Weil du dich meinetwegen schämst.

Aber es wird nicht so bleiben! Innerhalb von höchstens zwei Stunden wird sich alles für immer ändern, für mich und für dich, für deinen hübschen Ehemann und deine wunderschöne Shila.

Wie du deine Handtasche und die Wasserflasche auf den Rücksitz legst und die Fahrertür öffnest, bleibt dein Blick an mir, die ich auf dem Gehweg stehe und dich betrachte, hängen.

Du kannst es nicht glauben, dass ich das Elend in Afghanistan überlebt habe und jetzt vor dir in Deutschland, in der Ackermannstraße Nummer 72 vor deiner Praxis stehe.

Die Ähnlichkeit zwischen uns beiden eineiigen Zwillingen ist so groß, dass du mich sogar mit Sonnenbrille und Hut und einem übergroßen Männermantel erkennen könntest.

Deine Reaktion überrascht mich aber. Deine Lippen zittern und deine von Tränen gefüllten Augen lächeln mich an. Du kommst heran und schlingst deine Arme um meinen Hals. Schluchzend drückst du mich fest und fester an dich.

28

„Heute zum Abend starke Gewitter und Regen mit stürmischen …"

Der graue Himmel grollt und schüttet eine Flut auf die Autos, die mit hoher Geschwindigkeit über die Wasserfläche der Autobahn gleiten. Nach einem kurzen Blick auf meine Handschuhe schaltest du die Heizung an und das Radio aus.

„Hast du dich registrieren lassen?"

Ich fühle mich unsicher. Es ist das erste Mal, dass wir Zwillingsschwestern uns unter vier Augen unterhalten.

„Noch nicht. Ich weiß überhaupt nicht, wie es geht."

„Gut, dass du es nicht gemacht hast! Viele Flüchtlinge, die hier Verwandte haben, verbringen ein paar Monate bei ihnen und erst, wenn sie sich richtig von dieser belastenden Reise erholt haben, lassen sie sich registrieren."

Eine gewisse Freude in deiner Stimme erkenne ich. Deine Reaktion auf unsere plötzliche Begegnung nach all diesen Jahren habe ich mir anders vorgestellt. Nämlich dass du von mir verlangst, dass ich dich und deine Familie in Ruhe lasse, verschwinde, nicht versuche, dich an die Vergangenheit zu erinnern, und deine Gegenwart mit meiner Existenz nicht vergifte.

„Wirklich?"

„Klar!"

Ich höre mich sprechen. Ich höre, wie wir uns unterhalten, aber meine Gedanken sind woanders. Mein Plan für dich, den ich jetzt nicht mehr ändern kann, weil mein ganzes Leben dagegenspricht, gründete auf meinen Vorstellungen von dir. Eine Kopie von mir, die mich immer verpetzt hat und jede Situation ausgenutzt hat, um zu sehen, wie Nana mich schlägt.

„Kann ich ein paar Tage bei dir bleiben?"

„Warum fragst du denn überhaupt? Natürlich!"

Ich schwitze. Die Gedanken an die Vergangenheit, von der ein Teil jetzt neben mir sitzt, erhitzen meinen Körper. Dieses stechende Feuer, das in mir brennt, lässt die Bilder der Vergangenheit an meinen Augen vorbeirasen und hilft mir, die Kälte der Atmosphäre zu ignorieren. Ich kneife die Lider zusammen und versuche mich zu beherrschen.

…

„Was willst du deinen Stiefeltern erzählen, wer ich bin?"

„Die sind schon längst tot!"

„Ah … das tut mir leid!"

„Bin aber verheiratet und habe eine wunderschöne kleine Tochter. Shila heißt sie."

Ja, ja! Ich kenne sie. Ich kenne auch deinen hübschen Ehemann, Julius. Freue mich für dich.

„Hast du … hast du deinem Mann … vo … vo… von mir … erzählt?"

Der Druck in meinem Gehirn bringt mich zum Stottern.

Daryas Antwort auf meine Frage ist eine lange, bedeutungsvolle Stille.

„Schämst du dich meinetwegen?"

Warum stelle ich eine Frage, deren Antwort ich schon weiß. Sie schüttelt den Kopf und fängt an, mir Unsinn zu erzählen.

„Bitte, Saba! Sag so was nicht! Deinetwegen bin ich nach Afghanistan gereist, konnte aber keine Spur von dir finden! Ich wollte dich zuerst finden und dann Julius Bescheid sagen, dass ich eigentlich auch eine Zwillingsschwester habe."

Mir wird langsam schlecht. Die heftigen Kopfschmerzen machen es mir unmöglich, die Augen noch offen zu halten.

„Warst du auch im Dorf?"

„Ja, keine schöne Ansicht! Einfach traurig! Alles verbrannt!"

Wir unterhalten uns weiter, aber ich bin mit den Gedanken immer noch in der Vergangenheit, deren Bilder jetzt, wie eine Filmsequenz auf der Kinoleinwand, in Slow Motion ablaufen.

„Hast du damals etwas von der Bombardierung mitbekommen?"

„Natürlich! Ganz Deutschland war entsetzt von dieser Aktion der Bundeswehr. Viele Menschen hier haben protestiert gegen die Regierung und den Offizier General Stephan Weiß, der die Bombardierung damals befohlen hatte. Vor ein paar Wochen habe ich in den Nachrichten gehört, dass er von den Taliban entführt und enthauptet wurde."

Seufzend schüttelt sie den Kopf. Während ich, als Stephans Name im Gespräch fällt, für eine Weile schweigsam bleibe, redet Darya weiter.

„Ich war ständig mit Nanas Nachbarin telefonisch in Kontakt. Sie erzählte mir, dass Nana niemanden mehr erkennt. Weißt du, für so eine Krankheit gibt es sogar hier in

Deutschland keine Behandlung. Durch Medikamente kann natürlich die Lebenserwartung verlängert werden, aber die sind sau teuer. Und du? Hast du sie …?"

Du unterbrichst dich selbst. Bestimmt kommen die Erinnerungen an die Beziehung zwischen mir und Nana in dir hoch. Die Antwort auf deine Frage, die du nicht beendet hast, ob ich Nana regelmäßig besucht habe, lautet „Ja" und dass ich es genossen habe, sie ständig wie den letzten Dreck zu behandeln.

„Saba. Es tut mir leid für alles, was dir in der Vergangenheit passiert ist …"

„Können wir, bevor wir zu deiner Wohnung fahren, noch meinen Koffer abholen?"

„Ja klar! Wohin müssen wir denn?"

„Das ist sehr peinlich."

„Saba. Das ist nicht peinlich! Sag mir nur wohin."

„In einen Wald. Dort habe ich gestern überna-"

Du spürst sofort, wie unangenehm es mir ist, von meinem jämmerlichen Leben auch nur ein Wort über die Lippen zu bringen. Du legst deine rechte Hand auf meine, lächelst mir ins Gesicht und drückst mir sanft die Hand …

„Okay, okay … Wir fahren da hin!"

29

Schon wieder sind deine Augen feucht, während du langsam zu der Grube gehst, in der ich gestern übernachtet habe.

Es regnet stark. Deine Tränen kann man nicht mehr von den Regentropfen unterscheiden.

„Es tut mir leid, Saba. Es tut mir leid für alles, was dir im Leben passiert ist." Schniefend wischst du hastig die Tränen und Regentropfen aus deinem Gesicht.

„Es braucht dir nicht leidzutun. Ich habe gelernt, dass ich mit allem umgehen muss ohne Unterstützung von irgendjemand an meiner Seite! Wäre Nana nicht an deiner Seite gewesen, wärst du auch in Afghanistan geblieben und hättest dasselbe durchmachen müssen wie ich!"

Der Himmel grollt. Du wirst laut.

„Was bringt das denn, eine Hexe an der Seite zu haben? Ich habe sie gehasst! Ich habe das Dorf und seine Einwohner gehasst. Genauso wie du! Und ja, ich war sehr froh, dass sie ihre Bekannte überzeugt hat, mich zu adoptieren! Aber glaubst du, dass es mir danach super ging? Nein! Die haben mich nicht mal behandelt, wie sie ihren Hund behandelten! Die beiden haben nur ein unschuldiges, zu allem Ja sagendes afghanisches Mädchen als ihre Dienerin adoptiert, damit ich sie dann in ihrem Alter pflege. In Würde altern, etwas, das ihnen aber nicht gelang. Beide kamen bei einem Autounfall auf der Autobahn ums Leben. Das Einzige worauf ich mich damals freuen konnte, war die Schule und später die Uni. Glaubst du, dass es für mich leicht war, dich so zerstört zu sehen? Dass ich mich damals in jenem beschissenen Dorf super gefühlt habe? Nein! Ich habe genauso an unserem elenden Leben gelitten wie du, mit dem Unterschied, dass ich versucht habe, gehorsam zu sein und alles runtergeschluckt habe. Ich habe die Verzweiflung in mir gefangen gehalten, ich konnte mich nicht beschweren …"

Mit deinem regennassen Gesicht, das gegen den von den Zweigen der Bäume zerteilten grauen Himmel gerichtet ist, wimmerst du bitterlich, als ob du es gewesen wärst, die jahrelang auf diesen Moment gewartet hat, um die aufgestaute Verzweiflung und die Schmerzen auszuspucken und sich zu erleichtern.

In diesen bittern Tränen, in diesem Schluchzen, als du über deine Stiefeltern sprichst, spüre ich ein entsetzliches Geheimnis, eine Qual, einen enormen Schmerz. Nur du weißt, was sie dir angetan haben, nur du trägst die seelischen Narben davon. Es ist aber zu spät, zu spät für jedes kleine Mitleidsgefühl von mir.

„Das Leben ist und bleibt scheiße! Du musst nur versuchen, egal wie dreckig du wirst, dich irgendwie daraus zu befreien. Ich war psychisch genauso zerstört wie du. Als ich Julius kennenlernte, konnte ich ihm kein einziges Wort von meiner Vergangenheit erzählen, weil ich wusste, dass er mich verlassen würde, dass er denken würde, was für ein psychisches Wrack ich bin, dass ich ihn ausnutze, damit es mir bessergeht! Saba! Das Leben hat uns beide zerstört! Dich vielleicht mehr als mich! Aber versuch daraus irgendwas zu machen, womit du den Respekt der anderen verdienst! Mach daraus etwas, bevor es irgendwann nicht mehr geht!"

„Was ist mit dir? Beruflich bist du ja erfolgreich, aber in deinem privaten Leben ... hast du es geschafft, dass Julius dir Respekt entgegenbringt?"

Du schweigst. Die Stille sagt mir mehr als tausend Worte. Julius konnte kein Balsam für deine tiefen Wunden sein. Du schniefst und wieder laufen dir die Tränen über die Wangen.

„Nein! Julius erkennt von Tag zu Tag mehr und mehr mein wahres Ich und ich weiß, dass er mich mit einem Kind, das er von Anfang an nicht wollte, allein lassen würde! Ich lasse mich von ihm scheiden."

„Das kannst du aber nicht!"

„Warum?"

Der traurige Blick schaut mich durch die verheulten hellgrünen Augen an. Er erinnert mich an den letzten Blick unserer Bubo djan.

„Weil du stirbst!"

Jetzt sehe ich keine Trauer mehr, sondern den Schock, das Entsetzen in deinem Blick, der drei Sekunden an mir haften bleibt. Ich ziehe meine Hand aus der Manteltasche, hebe den Arm, steche die Spritze in deinen Hals und drücke den Kolben mit Kraft nach unten.

Du verlierst das Gleichgewicht, fällst in die Grube. Während du beide Hände auf den Einstich presst, schaust du zu mir hoch, mit deinen Augen so groß wie die aufgerissene Fotze unserer Mutter. Wo ist Nana, um jetzt in diesem Moment Zeugin dieser Szene zu sein?

Ich sehe dich, wie du langsam unten in der Grube ohne Wert und Würde die letzten Atemzüge nimmst.

Bei der zweiten Spritze willst du schreien, aber deine gelähmte Muskulatur schafft es nicht, sich zu bewegen. Deine Arme sinken langsam runter.

Nach dem Muskelrelaxans zeigt jetzt Kaliumchlorid seine Wirkung.

„Shi ... Shi ... Shil ...", zischst du kraftlos.

Nein, denk nicht an Shila. Denk nur an deine letzten fünf Minuten und daran, wie mühelos ich dein schön eingerichtetes Leben innerhalb von drei Tagen zerstören werde.

Du stirbst langsam und leidest. Deine Beine haben noch ein wenig Kraft, mit der du dich in dieser Grube, in der jede Bewegung nutzlos ist, bewegst. Kaum versuchst du hochzuklettern, sinkst du zurück auf den Boden.

Mit Zuckungen in deinem Oberkörper, grunzend wie ein Schwein, nach Luft ringend scheiterst du mit dem Versuch, zu mir, die ich neben dir hocke und dich leiden und langsam sterben sehe, hochzublicken.

Du musst leiden. Das Leid, in dem ich 23 Jahre gelebt habe, erlebst du in fünf Minuten.

Die Zuckungen und die Geräusche lassen nach.

Du bist tot.

Von diesem Moment an, in dem du gestorben bist, lebe ich heute Abend, Samstag und Sonntag an deiner Stelle. Ich werde eine gute Ehefrau für deinen hübschen Julius und eine fürsorgliche Mutter für deine Shila sein.

Drei Tage genieße ich ein Leben, in dem ich geliebt werde. Geliebt von meinem Ehemann und meinem Kind.

Ich lebe dein Leben und zeige Julius, wie sehr ich ihn liebhabe und wie schnell ich meine Entscheidung über unsere Trennung vergessen habe.

Er wird mich in seine Arme nehmen, küssen, mich liebhaben und mir sagen, dass alles wieder gut wird. Einen Satz, den ich nie von jemandem hören durfte. Darya! Julius wird mich und unsere Tochter wieder liebhaben! Das verspreche ich dir.

„Das verspreche ich dir! Du wertlose Fotze! Du bist nichts wert … du kleine Fotze. Ja, du bist nichts wert. Ich bin nichts … Einfach nichts …"

Ich schreie mit unterdrückter Stimme, die in meinen Ohren hallt. Ich ziehe an deiner Kleidung, greife in deine schönen Haare und schlage dein makelloses Gesicht zweimal, dreimal gegen einen Stein.

Aber du kannst dich nicht wehren. Genauso wie ich, die ich mich nicht wehren konnte gegen den Mann, der mich in meinem schönen Kleid im Basar misshandelte, gegen die Männer, die mich zwischen meinen verstreuten Lieblingsbüchern auf dem Boden der Burg vergewaltigten, gegen Nanas ständige Prügeleien, gegen die vernichtenden Blicke der Menschen um mich herum. Genauso wie unsere Bubo djan, ihre verzweifelten, vergeblichen Versuche, sich nur ein wenig zu bewegen, um der Grube zu entkommen, die Versuche, durch Schreie die Schmerzen zu lindern, als sie langsam unter dem Aufschlag jedes einzelnen von den hunderten Steinen qualvoll in die tiefe Schwärze des Todes sank.

Jeder kleine schmerzhafte Schritt Richtung Tod …

Tod ...

Du bist jetzt auch tot ...

Ich löse meine Finger von deinem dichten, feuchten Haar. Die blutgetränkte Strähne schiebe ich von deinem, vor wenigen Minuten noch, makellosen Gesicht zur Seite. Ich entferne das Laub und den Matsch von deinen Wangen, aber wie soll ich all das Blut wegwischen und die zerstörten Knochen deiner Nase und deine gebrochenen Zähne wieder richten?

„Was habe ich dir angetan?"

Ich weine, hilflos den Kopf schüttelnd streichele ich deinen schönen langen Hals.

„Darya?", flüstere ich deinen Namen, aber du reagierst nicht. Schluchzend ziehe ich dir vorsichtig die Kleider vom Leib. Ich jammere, beuge mich über dich und küsse deine schon kühle Wange ... einmal ... zweimal ... dreimal ... du reagierst nicht.

Ich halte deinen Kopf in meinen Armen und wimmere in dieser kleinen Grube. In diesem großen Wald hört mich niemand.

Ich lege meinen Kopf zurück. Der Himmel hängt zu dicht an meinem Gesicht und schluckt mein Geschrei. Meine Haare saugen die kalte Feuchtigkeit des Matsches auf. Du ruhst in meinen Armen. Wie zwei Embryonen liegen wir in dieser kleinen ovalen Grube, während deine nackte Haut langsam die Wärme und die Farbe verliert.

Darya! Als du mir zum ersten Mal von ganz nah tief in die Augen geschaut hast, konntest du überhaupt ahnen, dass ich zu so etwas fähig bin, dir so etwas antun könnte?

Was hat das Leben aus mir gemacht? Warum hast du mir vertraut? Warum hast du mir erlaubt, mich gezwungen, dir sowas anzutun?

Dein entstelltes Gesicht ruht auf meiner Brust. Der Tod in deinen hellgrünen Augen ist blicklos.

Ja. Ich habe dich Freitagnachmittag, am 18. September 2015, um 17:25 Uhr umgebracht. Am Sonntag, den 20. September 2015, morgens früh fährt mich der Schleuser nach Italien. Von Italien kehre ich zurück in die Türkei und von da nach Afghanistan.

Alles, was ich noch tun muss, ist, die SIM-Karte und den Akku aus deinem Handy nehmen, sie mit deiner Kleidung in meine Tasche packen, dein Auto hier zurücklassen, die Schlüssel aus deiner Tasche nehmen und zu Julius und Shila nach Hause fahren.

Die SIM-Karte, den Akku, deine Kleidung und eine weitere Spritze lasse ich im Gerätehaus liegen, damit Julius als Mörder verhaftet wird und Shila bei einer Pflegefamilie aufwächst.

Ich drücke deinen Kopf liebevoll an meine Brust und flüstere dir, mit geschlossenen Augen, ins Ohr.

„Ja, Darya! Das war mein Plan für dein Leben, der Grund, warum ich dich unbedingt noch einmal sehen musste."

30

„Thomas! Das kannst du doch nicht zulassen! Ist das jetzt alles?"

Vor Wut tritt Köhler gegen die Wand. Sie stehen im langen Flur des Kommissariats, als könnten dessen strenge Linien ihren kreisenden Gedanken eine Richtung geben.

„Ja, die Fingerabdrücke in Julius' Wohnung waren die letzte Hoffnung, aber die sind nirgendwo registriert!"

„Ist doch klar! Weil die jemandem gehören, der hier in Deutschland nicht straffällig geworden oder nicht registriert worden ist!"

Köhler fährt sich ungeduldig durch die Haare und schaut Schuster direkt an.

„Nicht registriert, zum Beispiel jemand, der sich illegal hier in Deutschland befand oder vielleicht immer noch befindet! Weißt du, was das alles heißt?"

Schuster dreht sich weg und schweigt.

„Das heißt, Langhorst hat doch die Wahrheit gesagt. Jemand, nehmen wir mal an eine Illegale, war Freitag, Samstag und Sonntag in seiner Wohnung, jemand, die genauso aussah wie Darya Langhorst."

„Und das soll der nicht gemerkt haben? Hör auf, Yann! Wir haben Beweise, dass Langhorst seine Frau umgebracht hat."

„Jemand, der genauso wie Darya aussieht, jemand, der genauso wie Darya aussieht, jemand, der …"

Schuster ignorierend, die Worte wie ein Mantra vor sich hinmurmelnd, mit geschlossenen Augen und hängendem

Kopf tippt Köhler im Rhythmus seiner Worte mit der Schuhsohle auf den Boden. Er blickt auf, stellt sich vor Schuster und schaut ihm tief in die Augen, während er seine Sätze, dieses Mal fragend, wiederholt.

„Jemand, der genauso wie Darya aussieht? Jemand, der genauso wie Darya aussieht? Jemand, der genauso wie …"

Stirnrunzelnd lächelt ihn Schuster, die Fäuste in die Hüften gestemmt, genervt an.

„Was laberst du denn da?"

„Sie hat bestimmt einen Zwilling gehabt!", sagt Köhler den Satz entschlossen und nickt zur Bestätigung seiner These, während er Schuster von unten anschaut.

„Yann! Sie wurde adoptiert und hatte nur eine Großmutter in Afghanistan, die auch verstorben ist, die Stiefeltern hier sind auch tot! Du vergeudest deine Energie! Lass bitte deine Fantasie irgendwo anders explodieren. Schreib ein Buch. Aber lass mich bitte hier meine Arbeit machen. Frau Langhorst war …"

„Oh Mann, begreif es …" Fassungslos schlägt Köhler mit der Faust gegen die Wand.

„Thomas! Der arme Mann ist unschuldig. Julius Langhorst ist unschuldig."

Seine unrasierte Wange kratzend geht Schuster im Flur auf und ab, während Köhler an der Fensterbank steht und mit dem Kopf im Nacken die Decke anstarrt.

„Die Zwillingsschwester hat sie getötet und drei Tage in ihrer Wohnung bei ihrer Familie verbracht!", flüstert Köhler mit geschlossenen Augen.

„Und warum sind die Fingerabdrücke nicht registriert?"

Schuster bleibt mit den Händen in den Hosentaschen vor ihm stehen und schaut ihn ernst an.

Köhler löst seinen Blick von der Decke und betrachtet ihn skeptisch.

„Thomas! Durch diese Grenzöffnung, wie viele Menschen sind eingereist? Wie viele von denen haben sich registrieren lassen? Wie viele laufen gerade auf der Straße herum, ohne registriert zu sein? Wie viele Menschen leben gerade illegal in Deutschland?"

„Wo ist dein Beweis? Hm? Wo ist denn dein Beweis?", unterbricht ihn Schuster abrupt.

Köhler schlägt sich mit der Faust an die Stirn und löst sich empört von der Fensterbank.

„Thomas! Julius Langhorst, ein unschuldiger Mensch, verliert alles, seine Arbeit, seine Tochter, seine Ehre, sein Leben …"

„Hör auf!"

Verstört von Köhlers Äußerungen unterbricht ihn Schuster schreiend.

„Ich kann nicht wegen deiner Vermutung, die auf nichts anderem als auf Langhorsts abstruser Geschichte beruht, die ganzen Beweise, die gegen ihn sprechen, ignorieren! Wir haben unseren Job gemacht. Über den Rest entscheidet der Richter und …"

„Und was ist mit deinem Gewissen?" Nachdenklich verfolgt Köhler Schusters Blick, der ziellos über die Wand wandert.

„Mein Gewissen ist, meine Arbeit richtig zu erledigen, und das habe ich gemacht!", murmelt Schuster.

„Nein. Haben wir nicht. Wir haben nur ein paar Beweise, die jemanden gerade viel kosten, zusammengefügt und weitergegeben! Aber wir beide wissen jetzt ganz genau, dass in den Lücken zwischen diesen Beweisen, eine entsetzliche Wahrheit steckt! Eine Wahrheit, die vielen politisch Mächtigen nicht gefällt, weil sie aufdeckt, was für schwere Fehler sie gemacht haben. Davor sollen wir Kleinen die Augen verschließen!"

„Hör auf, Yann! Ich weiß nicht, worauf du mit dieser Verschwörungstheorie hinauswillst, aber ich bin mir sicher, dass ich nicht mitwill!" Er klopft mit dem Zeigefinger auf Köhlers Brust. „So wirst du nie im Leben weiterkommen! Nie!"

Köhler will ihm nicht in die Augen schauen.

Schuster legt hastig beide Handflächen an Köhlers Schläfe und dreht dessen Gesicht zu sich.

„Brauchst du Aufmerksamkeit? Ja? Schreib deine Vermutung auf ein Plakat und lauf auf die Straße und guck mal, wie die Menschen reagieren! Ob Langhorst seine Frau umgebracht hat oder nicht, ob die Fingerabdrücke einem Geist oder einem illegalen Flüchtling gehören oder nicht, ob wir unsere Arbeit richtiggemacht haben oder nicht, das löst kein bisschen von diesen ganzen Problemen, die die Welt zu einem Dreckloch gemacht haben! Einfach weiterleben und am nächsten Fall arbeiten, ist alles, was wir tun müssen!"

„So wie du kann ich leider nicht denken." Köhler schaut Schuster mitleidig an, dann greift er nach dem Autoschlüssel in dessen Hand. Thomas hält den Schlüssel fest und zieht ihn mit Yanns Hand zu sich.

„Mach dir um Langhorst keine Sorgen. Er hat sich schon den besten Rechtsanwalt genommen."

„Lächerlich!" Yann schaut ihn einmal von unten bis oben verächtlich an.

„Du begreifst nicht, worum es mir hier geht!"

Thomas Blick wird ernster und eindringlicher als Yanns.

„Mein Gehirn verschwendet keine Energie darauf, deinen Schwachsinn zu begreifen."

Yann reißt ihm den Autoschlüssel aus der Hand und läuft an den hohen Fenstern des Flurs entlang zum Ausgang.

„Eins verspreche ich dir aber!"

Der Satz bringt Köhler zum Stehen. Er dreht sich um.

„Ich werde über deine Inkompetenz berichten und dafür sorgen, dass dieser hier dein letzter Mordfall war!"

Köhler hebt den Mittelfinger hoch und schreit: „Mach, was du für richtig hältst. Ich fahre jetzt nach Hause und schlafe mich aus."

Er rennt weiter und schlägt die Tür heftig hinter sich zu.

31

Es ist Dezember 2015.
Dämmerung.
Der Himmel ist grau-orange-rosa.
Einzelne weiße Schneeflocken landen sanft auf den schwarzen Zweigen der verbrannten Bäume.
Der Wind heult durch die Ruine, zerfetzt das Feuer des Kamins im dachlosen Wohnzimmer und trägt den Geruch der verbrannten Mandarinenschale bis zur Terrasse, auf deren halb zerstörter Treppe zum Hof ich gerade sitze.
Großvater, Bubo djan, Nana, Stephan, das Schwein in Budapest, Darya, Julius und Deutschland sind jetzt Vergangenheit.
Die Fensterbank, auf der Nana immer saß und seufzend Socken strickte, die dunkle Kammer, in der ich die meiste Zeit meiner Kindheit verbringen musste, der Stall, der Brunnen, die Wände, die Bäume, der überladene Basar, die Weizenfelder und die Bücher meines Großvaters, Zahaks Burg, roter Lippenstift gehören ab jetzt auch der Vergangenheit an.
Diese Ruine räume ich langsam alleine auf und baue mir ein Haus.
Ich wische mit dem Wasser aus der Regentonne Stephans Blut von Bubo djans Bett und stelle es zurück ins Schlafzimmer, wo ich in fünf Monaten mein Kind zur Welt bringen werde.
Ich weiß nicht, was mit Julius passiert ist, aber für sein Baby in meinem Bauch, das schon vier Monate alt ist,

werde ich Mutter, Vater, Großvater, Nana, Schwester sein. Alles sein, alles, um es zu schützen, ohne ihm weh zu tun.

Ich wünsche mir ein schönes Mädchen, wie Shila, mit hellgrünen Augen und den roten Lippen meiner Bubo djan.

Nichts von meiner Vergangenheit lasse ich an mein Kind heran. Meine Gegenwart bin ich bereit für seine Ruhe zu opfern und unsere Zukunft lasse ich von keinem zerstören.

Das verspreche ich mir und ihr.